光文社文庫

一年四組の窓から

あさのあつこ

KOBUNSHA

「一年四組の窓から」

目次

杏里の窓

1

その教室は三階の廊下の端にあった。

一年三組の隣だ。

一組、二組、三組。そこからは生徒たちの気配や笑い声や叫びや、歌声が流れ出てきて、生き生きと騒がしい。でも、その教室の前は、いつもしんと静まっていた。その静けさが『ここだけは異質なのです。ここだけは……』、そう語っているかのようだ。

ドアを開ける。とたんクシャミが出た。鼻の奥がむずむずする。

右手で鼻を押さえ、小さく息を吐き出してみる。

ふっ、ふっ、ふっ。きっかり三回、吐き出す。クシャミを止めるお呪《まじな》い。

誰が教えてくれたんだっけ。

鼻を押さえたまま、あたりを見回す。

きらきらと煌《きら》めいていた。

ほこりだ。窓から差し込む光の中で、ほこりが小さな小さな光の粒になって、煌めいている。これがクシャミの原因なのだろう。でも、きれいだ。

窓にはクリーム色のカーテンがかかっているけれど、三分の二ぐらいまでしか引かれていない。誰かが慌てて、あるいは、いいかげんにやったみたいな中途半端な閉め方だ。

もう一度、室内に視線を巡らせる。

光は窓ガラスを通して、室内に注いでいる。ほこりを煌めかせている。床を白く照らしている。隅には机やイスが積み上げられ、その横には、未使用（と思える）のバケツとモップととても古そうな教卓が並べられていた。どれもが、うっすらとほこりをかぶっている。よく見ると、床にも同じように、ほこりがたまっていた。ここが空き教室になってから、どのくらい経《た》ったのだろう。

首を伸ばし、黒板に目をやる。軽く動悸《どうき》がした。黒板の片隅に日直の名前を書き入れる場所があって、そこに『大谷《おおたに》』と『井嶋《いじま》』、二つの苗字《みようじ》が並んでいたのだ。『井嶋』は、杏里《あんり》の苗字だ。父の故郷であるこの街には井嶋姓が多い。井嶋病院だの、井嶋本店だの、レストランIJIMAだの、あちこちに井嶋が散らばっている。この教室がまだ本物の教室であったとき、二十人だろうか三十人だろうか、生徒たちが集い、学び、笑い合い、傷つけ合い、生きていた場所であったとき、井嶋という少年か少女がいたのだ。

ただそれだけのことなのに、なぜ、こんなにどきどきするのだろう。隣の『大谷』が『木谷《きたに》』と似ているからだろうか。

木谷修也《しゆうや》の日に焼けた横顔がふっと目前を過ぎた。教室の窓から眺《なが》めていた横顔だ。まだ二か月も経たないのに、ずいぶん昔のように感じてしまう。教室の窓からグラウンドにいる少年の姿を目で追っていた。飽《あ》きることなく、見つめ続けていた。見ているだけで、とても幸せだった。あの時間、あの至福《しふく》の時間は、ずっとずっと過去のものなのだ。

汗《あせ》が頬《ほお》をすべっていった。額に手をやって、杏里は自分がびっしょり汗をかいているのに気がついた。わきの下や背中よりも先に、顔に汗がにじみでてしまう。小さいころからそうだった。

夕暮れとはいえ、九月の陽光は夏の熱をまだ十分に残していて、窓が閉め切ってある部屋は蒸すように暑かった。

杏里はドアに手をかけた格好で、しばらく躊躇《ちゅうちょ》していた。

どうしよう……。

このほこりと暑気の中に、入っていく?

自分に問いかけてみる。

いまさら何言ってんの。自分で決めたことでしょ。

少しつっけんどんな冷たい声が返ってくる。杏里自身の声だ。

どんなささいなことでも、迷ったり、悩んだりしたとき、杏里は自分の中の自分に問いかける。

ねえ、どうしたらいい？

すぐに答えが返ってくるときもあるし、何も聞こえないときもある。今は、「しっかりしなさいよ」と背中を叩《たた》かれた気がした。

自分で決めたことでしょ。しっかりしなさいよ。

カタカタ。カタカタ。

頭上で音がした。顔を上げる。

『1—4』。そう記されたプラスチックのプレートが揺《ゆ》れている。夏休みの前まで杏里が通っていた私立中学校は校風なのか、校長先生の性質《たち》なのか、学校全体の雰囲気が良く言えばきっちりと細やかで、悪く言えば神経質でやたら細かかった。

それに比べ、一週間前、夏休み明けとともに転校してきたこの中学校の空気は緩《ゆる》やかだ。一応、制服も校則も決められているのだが、教師たちがそれを守らせようと躍起《やっき》になっているようすはない。杏里はずっと二つに分けて結《ゆ》っていた髪を今日、思い切って背中に垂らしてみた。爪にそっと透明のマニキュアを塗ったりもした。スカートの丈をひざ上まで上げてみた。ずっとやりたかったことだ。

髪を長く垂らし、透明マニキュアを塗り、スカートを短くする。やりたかったことだけれど、やってもいいんだろうか。

今日の午前中はさすがに胸が騒いで、先生の視線が気になって、つい、うつむきかげんになっていた。でも、何も言われなかった。一言の注意も説教もなかった。拍子《ひょうし》抜けする。地方の公立中学校って、こんなに緩いものなんだろうか。それとも、この芦薹《あしわら》第一中学校が、特別に大らかな質なんだろうか。あれこれ考えていたら、

「ゴム、貸してあげよっか」

隣の席から声をかけられた。丸顔の艶《つや》やかな頰をした（リンゴを連想させる）少女だった。髪留め用の黒いゴムを手のひらに載せている。胸には、名札がついていなかった。

「あ？　え？　あの……えっと」

少女は胸ポケットに隠していた名札を取り出すと杏里の前で振った。『里館』とある。

「さとだてさん？」

少女の黒目がくるんと動いた。ぽってりとした唇が半開きになる。驚きの表情だ。

「びっくりしたぁ」

少女はそう言ってから、もう一度、小声で「ほんと、びっくりだよ」と続けた。

「あたしの苗字、一発で読めたの井嶋さんだけだよ。びっくり、びっくり。井嶋さんって、頭良いんだね」

「そういうわけじゃないけど……だって、転校してから一週間にもなるから、苗字ぐらいは覚えるし……」

「またまた、ケンソンしちゃって。つーか嘘《うそ》だよね、それって」

少女は杏里に向かって、にやりと笑ってみせた。

「あたし、井嶋さんが転校してきた次の日から、ずっと休んでたんだよ。苗字、覚えるヒマなんてなかったっしょ」

「まあ、だけど……あの……」

確かに小さな嘘をついた。隣の席に里館という少女が座っているなんて、今の今まで知らなかった。休んでいるとはわかっていたけれど、気にもしなかった。少女がぐっと身を乗り出してくる。甘い香りがした。たぶん、リップの匂いだ。

「あたし、さとだてみほ。みほは美しいと稲穂の穂」

普通なら自己紹介のあと、「よろしくね」とか「仲良くしましょうね」とか当たり障りのない挨拶《あいさつ》がくっついてくるものだが、美穂は、そんなことを一言も言わなかった。杏里にゴムの載った手のひらを差し出しただけだ。

「これ使う?」

「え?」

「髪を結わえるの。暑いでしょ」

「あ……そういうこと」

「そういうこと。使う?」

「いらない」

かぶりを振る。ずっと、二つに結わえていた。今日、初めて学校という場で解き放した。言われてみれば、髪におおわれた首筋や肩は確かに暑いけれど、一つにまとめるつもりはない。

いらないと拒否してから、美穂はおせっかいではなく親切で声をかけてくれたと気がついた。少し慌てる。

「ごめんね。でも、あたし、このままがいいの」

美穂がうなずく。ゴムを握りこみ、ポケットにしまう。それから、ノートを広げ何かを書き写し始めた。もう、杏里のほうを見ようともしない。

気を悪くしたかな。


せっかく親切に声をかけてあげたのに、あの子ったらキョヒるんだよ。感じわるーっ。

何か生意気な感じだよね。都会から来たと思って、うちらのこと上から目線で見てんじゃないの。

感じわるーっ、感じわるーっ。好きになれないキャラだね。

少女たちの陰口が聞こえてきそうだ。ちょっと憂鬱《ゆううつ》になる。

でも、いいや。

胸の中でつぶやく。こぶしを作り、ひざの上におく。

でも、いい。どんなに陰口を叩かれても、嫌われても、意地悪されても、あたしはあたしの気持ちの通りに生きる。

そう決めたのだ。転校が現実となったとき、自分で決めた。あたしはあたしの気持ちに従って生きる。他人じゃなくて、自分に素直になるんだ。これからはそうする。

そうでなければ流される。自分の想いを潰《つぶ》されてしまう。だから……。

美穂がひょいと顔を上げた。

「白とピンクもあるけど」

「は？」

「髪留めゴム。別に黒が嫌だったわけじゃないよね。井嶋さん、髪を結わえたくなかっただけだよね」

「うん、そう。ゴムの色は関係ない」

「じゃ、いいよ。長い髪、似合うよね」

もう一度にやりと笑うと、美穂は再びノートに屈《かが》みこんだ。気を悪くしているようすはまったくない。杏里の拒否などまるで気にしていないようだ。拒否されたとは、思っていないのかもしれない。髪の毛が暑苦しそうだった↓ゴムを貸してあげようと思った↓いらないと言われた。美穂にすればそれだけのことなのかもしれない。

何もかも前とは違う。前は、どんなものにしろ相手の申し出を断る、拒否するのは覚悟がいった。それまで築いた人間関係、友人関係を基《もと》から壊してしまう危険性があったのだ。危険地帯に立ち入らないように、杏里も杏里の周《まわ》りも神経を研ぎ澄ませていた。きりきりと引き絞っていた。

なんだか、ほんとうに緩い。

この学校は何もかも、緩い。

カタカタカタ、カタカタカタ。

『1―4』のプレートが揺れている。

うん、やっぱり緩い。前の学校なら空き教室になったクラスのプレートをそのままにしておくなんて、とても考えられない。さっさと取り外し、ドアにはカギをかけ、生徒の出入りを禁止しただろう。カーテンだってちゃんと引いて、わずかの隙間《すきま》も作らなかったはずだ。もっとも、転校前にいた有名私立大学の付属中学の人気は近年とみに高まっていて、生徒数が減るなんて、ちょっと思えない。増設はあっても、空き教室ができることはないだろう。

杏里はその中学校の一年四組の生徒だった。

2

窓の近くによってみる。

さすがにカギがかかっていた。

あれ？

杏里は指先を見つめ、首を傾《かし》げた。

汚れていないのだ。アルミの窓枠にはうっすらとほこりが積もって、触れるだけで指は黒くなった。しかし、カギの部分にほこりはついていないみたいだ。

どうしてだろう？

解錠し、窓を開ける。

風が吹き込んできた。キュプラ地のカーテンが風をはらみ、大きくふくれる。風といっしょに音と香りが流れこんできた。静まり返っていた室内がふいにグラウンドからの音や濃い緑の香りに満たされる。アルミサッシの窓は、それほどに遮断効果が高い。

杏里は大きく息を吸い込んだ。

窓を開け放す度に、ほっとする。深呼吸したくなる。ぴたりと閉じられた窓さは「これ以上、近づくな」と全《すべ》てを拒否しているようで苦手なのだ。息苦しさまで感じてしまう。

以前住んでいたマンションの部屋も私立中学校の教室も冷暖房完備だったから、よほど気候の良い時季以外、窓を開け放すことはほとんどなかった。

ずっと息苦しかった。

転校してきて一番嬉《うれ》しかったのは、窓が開いたままのことだった。保健室を除いて、どの室にも冷房はついていない。職員室にも図書室にもなかった。だから、どこも大きく窓を開けている。

「あち～、せんせーえっ、おれ、死んじまうよう」

一時間目が始まる直前、杏里の斜め後ろに座る男子生徒が白いシャツの前をはだけ、頓狂《とんきょう》な声をあげた。

「久邦《ひさくに》、一日が始まったばっかりだよ。ふざけたことを言うんじゃないの」

ホームルームを終え、そのまま担当である社会科の授業に移ろうとしていた舟木《ふなき》先生が顔をしかめる。

舟木先生は長身の引き締まった体形で、髪型も耳や首筋が露《あらわ》になるほど短いボブだった。顔が小さくて、顎《あご》が尖《とが》っている。笑うと意外にかわいいけれど、口を引き結んでいるときつい感じがした。物言いも態度もさばさばとして気持ちがいい。

最初見たとき、杏里は（この人、絶対、体育の専科だ）と思った。だから舟木先生が世界史を専門とする社会科の教師だと知って、少し驚いた。名前が「綾子《あやこ》」というごく普通の女性名であるのも意外だった。

「井嶋さん。担任の舟木綾子です。よろしくね」

そんな挨拶とともに差し出された手を握ったとき、ふっと微笑《ほほえ》んでいた。上から見下ろすのではなく、すりよってくるのでもなく、対等な立場として、生徒と挨拶を交わす。簡単なようだけれど、なかなかできない。少なくとも、杏里の知っている内で、舟木先生のようにさらりと自然にできる教師は誰もいなかった。

この先生なら、何とかやれるかも。

希望みたいなものが、ぽこりと胸にわいた。

「だけど、あちーもんはあちーもん。先生、なんでうちのガッコ、冷房設備がねーんだよう」

「久邦、おまえはどこのおぼっちゃんだ。冷房付きの教室で勉強できるような身分か？　よーく、考えろ」

「身分かんけーねえし。こういうの格差っちゅうんですぅ。なあ、井嶋、そうだよな」

突然、声をかけられ、杏里は思わず腰をうかせ振り返った。

前畑《まえはた》久邦がにっと笑い、なぜかVサインを突きつけてくる。

「井嶋の前の学校って、チョウ有名校なんだろ。そういうガッコって、やっぱクーラーとかあるよなぁ」

頬が赤らむのがわかった。ろくに会話も交わしたことのない久邦の妙に馴《な》れ馴れしい口調も、前の学校を「チョウ有名校」と言われたことも、頬がほてるほど恥ずかしい。

「なぁ、あったんだろ」

杏里の気持ちなどお構い無しに、久邦がたたみかけてくる。

「うん。あったけど……」

正直に答えた。嘘はつきたくない。その場の空気を白けさせないように、小さな嘘をつく。そんなことばかり上手《じょうず》になりたくない。

「ほら。ほらほら、センセー、やっぱ格差じゃん。同じ中学生なのに、えれぇ違いだーっ」

「暑い、暑いって騒ぐから、よけい暑いんだよ。もう九月だ、夏は終わった。そのくらいの気構えでいれば、少々の暑さなんかにぎゃあぎゃあ言わなくてすむんだから」

「うわーっ、そんなの無理無理。あちーもんは、どんだけ気構えがあってもあちーです。ああ、おれ、もうだめ。倒れまっす」

根っからの調子者なのか、久邦は机の上にぐたりと倒れこみ、わざと大きく喘《あえ》ぐ。

九月は残暑の季節。しかし、このところ八月よりさらに猛々《たけだけ》しく暑い日々が続いていた。暑さの名残というには猛々しすぎる。それでも、朝夕教室の窓から吹き込む風はどこか涼やかで、確実に秋を感じさせてくれる。

芦藁第一中学は小高い丘の中腹あたりに建っていて、校舎の裏側は雑木林になっている。シイ、ナラ、カエデ……さまざまな雑木の林をぬけてくる間に風は暑気を奪われ、秋のものへと変わっていく。そんな気がした。アスファルトとコンクリートに固められた都市の暑さに比べたら、とてもしのぎやすい。風は心地《ここち》よくさえある。

舟木先生が長いため息をついた。

「まったく、うるさい子だ。口にテープ貼《は》って、窓から捨てちまうぞ。だけど……まあ、久邦の言うこともわからないじゃない。あんたたちがクーラーのない教室でうだっているとき、勉強に集中できる快適な場所で学んでいる中学生がいる。これを格差と久邦は言うわけだな」

久邦が顔をあげ、人差し指をくるりと回す。

「そうそう、格差です。カクサ、カクサ、カクサンスケサン」

「まだ、中学生の分際でつまんないオヤジギャグとばすんじゃないよ。担任として情けなくなる」

教室に小さな笑いが起こった。舟木先生は、生徒たちにくるりと背を向けると、『格差』『身分』と白いチョークで板書《ばんしょ》した。

「二学期は国家の成り立ちを、日本と世界のおもな国々について学んでいく。国という形がどうやって形成され、発展してきたかを勉強するわけだ。それは、国によってそれぞれ特有のものではあるけれど、共通しているところもある。それが、久邦だ」

「へ、おれ?」

「久邦がさっきから騒いでいる、この二つの言葉がキーワードになる。格差と身分。みんな、頭の中に入れておいてください。はい、では教科書を開いて。四十八ページです」

授業が始まった。

それを待っていたかのように、風が強く吹き込んでくる。教科書のページがぱらぱらとめくれていった。杏里の髪が背中でさらさらと流れる。その音が伝わってきた。

サラサラサラ、サラサラ。

最上級のすてきな風だと思う。

冷房してる教室より、こうやって風を受けられる方がずっと気持ちいいよ。

久邦にそう言ってやりたい気もしたけれど、そこまでの勇気はなかった。

空き教室、一年四組の窓からも風が入ってくる。

芦藁という街は風の街なのだろうか。

窓の外には桜の大樹《たいじゅ》が立っていた。みごとな樹だ。花が満開のときは、どれほどすごいだろう。花びらが百も千も万も、この窓から入ってくるんじゃないだろうか。

杏里は窓枠から少しだけ身を乗り出してみた。桜の葉は、重いほど重なり合い茂っているけれど、すでに黄色く変色し始めていた。杏里の目の前で、虫食いの一枚が枝を離れ散っていく。やはり、夏は終わろうとしているのだ。

枝の隙間からグラウンドが見えた。走っている少年が見えた。陸上部なのだろう、短パンとランニングの姿だ。胸の中で、心臓が鼓動《こどう》を打った。一瞬、息が詰まるぐらい強く打った。

木谷くん。

視界からすぐに消えてしまった少年が、木谷修也と重なる。

木谷くん。

放課後、いつもグラウンドを走っていた。陸上部の部員たちといっしょに、あるいは、たった一人で。それを教室の窓から視線だけで追いかけていた。杏里は一年四組、修也は二組の生徒だったから、廊下ですれちがうことも、昇降口で出会うこともある。杏里はほとんど目を伏せたままだった。言葉を交わしたことなど一度もない。いや、一度だけ、五月の連休が終わって久しぶりに登校した朝、上履きに履き替えていたら、

「おはよう」

ふいに、修也から声をかけられた。「あ……」と言ったきり、言葉が続かなかった。動悸が苦しいほど激しくなる。

木谷くんが声をかけてくれた。

え？　あ？　どうしよう。

戸惑い、うろたえ、かろうじて「おはよう」と小さく答えた。修也は軽く手をあげると、そのまま階段を昇っていった。杏里の方にちらりとも目を向けなかった。

木谷くんが声をかけてくれた。

高揚感と、まともに返事もできなかった落胆。その日一日、二つの感情の間で杏里の心は行ったり来たりを繰り返し、授業にまるで身が入らなかった。

生まれて初めて、恋をした。

それまでも「好きな男の子」はいたし、「好きな男の子」の話題で友だちと盛り上がった経験もたくさんあった。

ねえ、〇〇くんてちょっとよくない？

うーん、どうかなあ。シュミじゃないし。

あたし、けっこう本気。いっしょに帰りたいなあ。

コクれ、コクれ。応援するから。

盛り上がるわりには、すぐに淡く消えてしまう会話だったけれど、それなりに楽しかった。杏里はたいてい聞き役だった。みんなが頰を紅潮《こうちょう》させて語る恋に耳を傾けているのは、嫌いではない。そこにいない者の悪口やうわさ話を黙って聞いているより、何倍もマシだった。しかし、いつの間にかグラウンドを走る木谷修也に心を惹《ひ》かれ、この想いが恋だと気がついてから、友だちの恋話を聞くのが辛《つら》くなった。

どうして、みんな、あんなにすらすら自分の想いを言葉にできるんだろう。「好き」とか「恋してる」なんて、簡単に言えちゃうんだろう。

杏里にはできなかった。修也への想いが高まり、本気で恋をしていると自覚すればするほど、自分の恋を口に出せない。

「アンリ、このごろ、付き合い悪くない？」

友だちの一人、野々村桃花《ののむらももか》がそう言って、きつい視線を杏里に向けた。

3

桃花は二重《ふたえ》のくっきりとした目で杏里を見ていた。睨《にら》むというほど険しくはないけれど、笑ってもいない。

杏里は反対に目をそらしてしまった。心臓がどくんどくんと鼓動を打っている。少し息苦しかった。

「付き合い悪い？　あたしが？　なんで？」

驚いたふうに、でも軽い調子で問い返してみる。

「だって、このごろ暗くない？　あたしたちがしゃべってても、ずーっと黙りっぱなしだし」

「え……そうかな……そんなつもりは……」

「そうだよ。何にも言わないで、聞いてるだけでさ。なんか、ビミョーにつまんないって顔してるよ」

確かにそうかもしれない。自分の心の内にあるものをうまく言葉にできなくて、黙り込むことが多くなった。いや、言葉にして桃花たちに聞いてもらいたいと思わないのだ。胸の内にある想いは自分だけのものだ。それを無理に引きずり出して、おしゃべりの種《たね》にしたくない。もっと大事に、もっと大切に、もっと密《ひそ》やかに、自分だけで抱いていたい。

そう思っていた。今も思っている。だから、桃花たちの話に口をはさめないのだ。黙って聞いている方が楽だったし、黙って聞くことしかできなかった。べつに、杏里が黙っていても、みんな楽しそうにおしゃべりをしている。たまに「どう?」とか「やっぱ、そうかなあ」なんて尋ねられることがあったけれど、そのたびに「うん」とうなずいたり、「そうだね」と相づちを打って答えていたつもりだ。

杏里なりに、みんなの輪から外れないように心を配っていた。

「アンリってさ、あたしたちといるのが楽しくないんじゃない」

桃花がすっと目を細める。

「え？　まさか、そんなことないよ。モモちゃん、どうしてそんなこと言うの」

わきの下に汗がにじみでた。

杏里は桃花が好きだった。気が強くて、少し意地悪なところもあるけれど、本質は優しくて朗らかな少女だと知っている。

入学して間もなく、クラスで飼育しているミドリ亀の水槽を放課後、掃除しているところを見たことがあった。「手伝おうか」と声をかけたら、「頼む。助かる」とにっこり笑った。その笑顔がとても優しそうで、杏里もつい微笑んでいた。まだ、井嶋さんとか野々村さんとか苗字で呼び合っていたころだ。

「野々村さん、飼育係だったたっけ？」

砂を洗いながら聞いてみる。桃花は頭を横に振った。

「ううん、ちがうよ。この亀さ、前のクラスのときからずっと、あの一年四組の教室にいたみたい。誰も世話してやらないから、かわいそうで……あたし、家でミドリ亀、飼ってたことあるの。去年の冬に死んじゃったんだけど」

「そうなんだ。あ……」

「なに？」

「よく考えたら、クラスに飼育係って係はなかったよね」

「あ、そうだね。ないね」

「小学校のときはあったんだけど、中学校って飼育係、ないんだよね。なんでだろう。亀がいるんだから飼育係もあった方がいいのに。責任もって世話してくれる人がいないと、亀も困るよね」

桃花がふいに笑いだした。くっくっと軽快な、気持ちの良い笑い声だった。手の中で亀がもぞりと動いた。

「井嶋さんって、おもしろいね」

「え？　そうかな？」

「うん、おもしろいよ。亀の気持ちがわかるみたい。おもしろい。ね、二人で亀係にしてもらおうか」

「亀係……うん、いいね」

杏里と桃花は顔を見合わせて、笑い声をあげた。二人が親しくなったのはそれからで、杏里は桃花の優しさも朗らかさも大好きだった。けれど、いつの間にか桃花の周りには、他の少女たちが集まり賑《にぎ》やかにおしゃべりをするようになっていた。以前のように、杏里と桃花はゆっくりとじっくりと話をすることができなくなったのだ。

桃花たちの話題はさまざまで、弾むようだったり、声をひそめたと思ったらふいにどっと笑い転げたり、みんなが一斉にうなずいたりと、実に楽しげで陽気でさえあった。

流行のファッション、ダイエットの方法、今一番好きなアイドル、スマートフォンの新機種や発売したばかりのＣＤ、お小遣いの額、休日のすごし方、ペット、誰かから聞いたとても怖い話、そして恋。

ごった煮のようにいろんな話題が現れては消え、また、現れる。それはそれで、おもしろくはあったけれど疲れもした。周りに合わせて、笑うのもうなずくのも、疲れる。

桃花の言うように、杏里は「ビミョーにつまんない」顔つきになっていたのかもしれない。

杏里は口の中のつばを飲み込んだ。桃花たちから離れたら、クラスの中で孤立してしまう。それは、嫌だった。教室を移動するときも、登下校のときも、何より昼食の時間、たった一人でいなければならないなんて、嫌だ。自分がとてもかわいそうな、惨《みじ》めな人間に思えてしまう。そんなの耐えられない。

「……ごめんね」

伏せていた目をあげ、桃花を見つめながら謝る。

「あたし、あんまりおしゃべりが上手じゃないから……、あの、みんなの話を聞いているだけで楽しいから……。でも、あの、ほんとに、みんなといるの楽しいんだよ。ほんとに一番、楽しいんだ」

嘘をついた。奥歯をそっとかみしめる。

「ごめん、ごめん。アンリ、そんなに深刻な顔しないでよ。あたし、軽い気持ちで言ったんだから。もう、アンリったら、ほんとマジメなんだから。やんなっちゃう」

くすくす。桃花が肩を竦《すく》めて笑う。周りの少女たちも同じような仕草をして、笑った。杏里は無理やり笑顔を作る。みんなと同じように笑わなくっちゃ。同じようにしなくっちゃ。

くすくす、くすくす。

くすくす、くすくす。

「あっ、そうだ。アンリに頼んだら」

加瀬真琴《かせまこと》という大柄な少女が音をたてて指を鳴らした。

「頼むって、何を?」

イスに座っていた桃花が真琴を見上げる。真琴は右手の人差し指を立てて、左右に振った。すっと声を低くする。

「ほらほら、あれよ。昨日の話。木谷くんのこと」

「あ……」

桃花の頬がぱっと紅《あか》くなる。杏里は思わず両手で胸を押さえた。そうしないと、心臓が飛び出しそうに感じたのだ。

木谷くん? 木谷くんって……なに?

「そうだ、アンリがいいよ。名前のイニシャルがAじゃない。それにさ、アンリは、のほほーんってしてるから、すごく自然な感じで渡してくれるんじゃない。きっと、木谷くんも受け取りやすいよ」

真琴の横にいた珠緒《たまお》という名の少女が手を叩く。それから、杏里に顔を向け「ね」と言った。同意を求める「ね」だ。

「あの……ごめん、何のこと？　あたし、見えてないんだけど」

何とか笑顔をつくりながら、真琴や珠緒を見やる。震える指の先を固く握りこんでいた。

「あれ、アンリ、昨日の放課後、いなかったっけ？」

「あたし……亀の水槽、洗ってたから……」

真琴と珠緒が顔を見合わせ、笑う。

「そうだったね、アンリは亀係なんだ。ふふふ。ね、モモ、アンリに話してもいいでしょ」

「いいけど」

頬を紅くしたまま、桃花が横を向く。怒ったように唇を尖らせていた。真琴は両手の人差し指と親指を合わせハートの形を作った。

「あのね、今、野々村桃花さんは木谷修也くんに恋をしています」

杏里は目を見開き、桃花の顔を見つめた。桃花は怒ったような表情を緩め、ぺろりと舌を出した。照れているのだ。

「……そうなんだ。知らなかった……」

そうなんだ、そうなんだ、モモちゃんも木谷くんのこと、好きになっていたんだ。

とくとく、とくとく。心臓の鼓動がどんどん速くなる。息が詰まる。できるなら、この場から走り去りたい。そう思うのに杏里の足は一歩も動かなかった。

「あのさ、いつの間にかなんだよ」

桃花がまっすぐに、杏里に顔を向ける。

「なんか、いつの間にか木谷くんのこと好きになってたの。だけど、本気だよ。あたし、かなり真剣に木谷くんのこと好きなんだ」

「うん……」

あたしは、かなり真剣なんかじゃない。ほんとに、ほんとに真剣に木谷修也くんが好きだ。

「それで、今週の占いを読んでたらさ、週末までに好きな相手に告白したら叶《かな》うってあるの。だけど、スマホとかで直接にコクるんじゃなくて手紙を渡すのがいいんだって」

「手紙を……」

「うん、そう。その手紙を仲良しの友達に渡してもらうと、その恋は叶うって書いてあったの」

そこで真琴が口をはさむ。

「しかも、その仲良しの名前の頭文字がさ、AかYなら最高らしいの。あたしたちのグループでAかYってアンリしかいないっしょ。ね、ここは親友のためにがんばりどころですよ」

真琴は自分の胸をぽんと一つ、叩いてみせた。杏里は思わず大きく息を吐いていた。一生懸命、呼吸を整える。

「モモちゃん……それで、手紙、書いたの?」

「うん、書いた」

桃花はパスケースの中から青い角封筒《かくぶうとう》を取り出した。『木谷修也さま』。桃花の丸い文字で修也の名前が記されていた。

「アンリ、これ、木谷くんに渡してくれる?」

桃花の目が杏里を見つめている。真琴が杏里の肩に手を載せる。

「渡してくれるよ。仲間なんだものね」

親友、仲間、友だち……だけど、あたし、木谷くんのことが……。

「アンリ、お願い。頼むよ」

桃花が手を合わせる。

「わかった……」

杏里はうなずいていた。うなずいたとたん、泣きそうになった。

「今から、行ってくる」

手紙を受け取る。「えっ今からって、急ぎすぎじゃない」「あっ、でも早い方がいいよね」「わっ、でも心の準備が……アンリ、待ってよ」桃花たちの声を聞きながら、一年四組の教室を飛び出す。何も考えないまま、考えられないまま、グラウンドに向かって走った。

目の奥が熱い。なんで、こんなに熱いんだろう。

気がつくと駐輪場にいた。目の前に修也が立っている。

「なんか……おれに用？」

修也が首を傾げる。杏里は唇をかみしめ、封筒を差し出した。

「これ……頼まれたの。読んであげて……」

それだけ言うのがせいいっぱいだった。修也に手紙を押し付け、背を向ける。

また走り出す。今度は涙が流れた。途切れることなく涙が流れた。

4

木谷修也に手紙を渡すと、杏里はそのまま家に帰った。桃花たちの所にもどり「ちゃんと、渡してきたよ」と報告した方がいいとわかっていた。みんな、教室の窓から身を乗り出すようにして見ていたはずだ。

みんなのところにもどらなくちゃ。もどらなくちゃ……。

「井嶋杏里、無事、帰ってまいりました」

ちょっとおどけた口調で言うと、敬礼なんかしてみる。

「どうだった、どうだった？　ここからじゃ、遠くてよく見えなかったよ」

真琴が急《せ》いた調子で聞いてくるだろう。その後ろで、桃花は黙って杏里を見つめている。いつもの勝気で陽気な眼差《まなざ》しではない。不安気で弱々しく、どこか暗ささえ感じさせる。

杏里は桃花に向かって微笑んでみせる。指を二本立てて、Vサインを出してみる。

「ちゃんと、渡してきたよ」

桃花に告げる。

「返事まではもらえなかったけれど、木谷くん、ちゃんと読んでくれると思うよ。だって、モモちゃんからの手紙だってわかったとき、嬉しそうな顔、したもの」

「ほんと?」

桃花の両目が瞬《またた》く。口元がきゅっと引き締まる。

「ほんと、アンリ? 木谷くん、嬉しそうだった?」

「うん。あたしにはそう見えた」

「アンリ」

桃花が飛びついてくる。杏里をきゅっと抱きしめる。

「ありがとう、アンリ。ほんとにありがとう。大好きだよ」

「あれ？　大好きなのは木谷くんじゃないの？」

杏里の冗談に真琴が大きな笑い声をあげる。

「あははは、ほんとだ。アンリの言うとおりだね。モモの大好きなのは、だーれだ」

「もう。そんなにからかわないで。泣いちゃうぞ」

桃花が泣きまねをする。みんなはどっと笑った。

みんな仲良しだ。みんな仲間だ。みんな友だちだ。だけど……。

杏里は一年四組の教室にもどらなかった。桃花たちが待っている場所にもどらなかった。駐輪場を飛び出すと、そのまま校門を走り出た。走って、走って、信号待ち以外、一度も止まらなかった。マンションの四階まで階段を駆け上がった。

四〇七号室。そこが杏里の家だ。四〇七号室にたどり着いたとき、心臓は激しく鼓動をきざんでいた。

苦しい。とても、苦しい。息ができない。

胸を押さえ、玄関の上がり口に腰をおろす。そのときになってやっと、杏里は自分が汗だらけになっているのに気づいた。

汗ばんだ手のひらに心臓の動きが伝わってくる。

ドッドッドッドッドッドッ。

ドッドッドッドッドッドッ。

苦しい。とても、苦しい。走ったからじゃない。走ったから、こんなに息苦しいんじゃないんだ。

ドッドッドッドッドッ。

ドッドッドッドッドッドッ。

あたしがあたしを叩いている。弱虫、弱虫ってぶっている。

木谷修也の姿が浮かんでくる。手紙を受け取って驚いたように瞬《まばた》きしていた。前髪がさらさらと風に揺れていた。

好きだ。とても、好きだ。

教室の窓から、グラウンドを走る修也を見ているだけで、胸がいっぱいになった。泣きそうになった。目の奥がじんと熱くなった。幸せだった。修也が杏里の気持ちに気がついてくれなくても、振り向いてくれなくても、幸せだった。

そのくらい好きだった。

なのに、あたしはモモちゃんの手紙を渡してしまった。「読んであげて」なんて言ってしまった。「読んであげて」じゃなかった。あたしが言いたかったのは……。

あたし、木谷くんが好きです。

その一言だったんだ。

「まっ、杏里、驚いた。帰ってたの」

リビングのドアが開いて、母親の加奈子《かなこ》が顔を出した。

「帰ったなら、帰りましたぐらい言いなさいよ。うん？　どうしたの？　どこか具合でも悪いの？」

かぶりを振る。唇をかんで、立ち上がる。

「トイレに行きたくて大急ぎで帰ってきたの。そしたら、心臓がばくばくしちゃって……」

「まあまあ、それはたいへん。早く、トイレに行ってきなさい」

加奈子が笑う。しかし、その笑いはすぐに引っ込んだ。眼鏡をかけた丸い顔が急に引き締まる。

「あのね、杏里に相談があるの……」

「うん……」

また、相談か。杏里はため息をつきそうになった。杏里の父は、杏里が五つの年に病気で亡くなった。それからは、母親と二人っきりの生活が続いている。加奈子はそこそこ売れているイラストレーターで、家でずっと仕事をしていた。そのせいではないだろうけれど、顔も体形も丸くてぽっちゃりしている。見た目のわりに小心《しょうしん》で心配性で、杏里が小学校の高学年になったころから、「杏里、ちょっと聞いてくれる」「ねえ、どうしたらいいと思う」と、よく聞いてくるようになった。

嫌ではなかった。一生懸命に働いている母を尊敬している。無理をしても費用のかかる私立に通わせてくれていることにも感謝していた。少しでも力になれるのなら嬉しい。母に頼られる度に、相談を持ちかけられる度に、ちょっぴり大人になった気分がして心地よくもあった。でも、今は自分のことでいっぱい、いっぱいだ。

自分を支えるので、せいいっぱい。自分の弱さや情けなさをどうしていいんだか、わからないんだもの。モモちゃんを嫌いになりそうで、みんなを嫌になりそうで……ううん、誰より自分を憎みそうで怖いんだもの。母さんの相談なんか聞く余裕ないよ。

「あたし……トイレに行ってくる」

加奈子の前を通り、トイレに向かう。

「芦葉のおばあちゃんが倒れたのよ」

ぼそりとため息を吐き出すように、加奈子がつぶやいた。

「えっ、おばあちゃんが！」

振り向く。また心臓がどくんと鼓動を打った。芦葉のおばあちゃんは、父の母親にあたる人だ。父が急な病で亡くなった後、一年近くこのマンションで暮らしたことがある。母と祖母はなぜかとても気が合って、仲がよかった。

「わたし、うまれてすぐに母親を亡くしたから、お義母《かあ》さんを本当の母親みたいに思えるのよね」

「そういえば、わたしたち、ちょっと顔が似てないかい。ご近所では、血のつながった母娘《おやこ》と思われてるらしいよ。スーパーの魚屋さんに、そっくりですねえなんて言われたから」

やはり丸い顔かたちをした祖母が自分を指さす。「あら、まあそう言われてみれば似てるわねえ」と加奈子が笑った。それは、父の葬式の後、初めて耳にした笑い声だった気がする。まだ五歳の杏里は母と祖母の会話を全部理解することはできなかったけれど、母の小さな笑い声が嬉しかったのを覚えている。

夫を病に奪われた妻と息子を亡くした母、そして父を失った娘。三人はマンションの一室で静かに暮らしていた。

一年が経ち、加奈子の仕事はそこそこうまくいくようになった。杏里を預かってくれる保育園も見つかった。母娘二人の暮らしが何とかなると見定めてから、祖母は慣れ親しんだ芦蕖の街に帰っていったのだ。それからも、夏休みや連休の度に、祖母の下《もと》を訪れていた。芦蕖から足が遠のいたのは、杏里が中学受験の勉強で忙しくなったからだ。

もう何年も祖母に会っていない。

「おばあちゃん、だいじょうぶなの？　まさか……」

「うん。玄関で倒れていたのを近所の人が見つけて病院に運んでくれたんだって。命に別状はないみたい。すぐに退院できるらしいわ。でも、おばあちゃんも歳《とし》だし、いつまでも一人暮らしをさせておけないでしょ。でも、こちらに来るの、おばあちゃん嫌なんだって。死ぬんだったら芦藁で死にたいなんて言って……。たぶん、わたしたちに迷惑かけたくないって考えてるのよね。でも、おばあちゃんには、とても世話になったし……お父さん一人っ子だったでしょ。わたしたちの外におばあちゃんには家族がいなくて……それで」

「転校してもいいよ」

その一言が口をついていた。杏里自身が驚いた。しかし口にしてしまうと、そのことをずっと考えていたような気さえする。

転校してもいい。

「だけど、杏里、あんた受験してやっと入れた学校を……」

「そんなの、かまわない。母さん、おばあちゃんの所に行こう。おばあちゃんの傍《そば》にいてあげようよ」

「杏里……」

加奈子の瞳が潤む。「杏里、ありがとう。優しいのね」とつぶやきが漏れた。

杏里は目を伏せる。唇をかみしめる。

ああ、違う。あたしは優しくなんかない。卑怯《ひきょう》なだけだ。おばあちゃんを口実にして、今のこの苦しみから逃げたいだけだ。

あたしは、逃げ出すんだ。

夏休みの直後に加奈子と杏里は、祖母の家に引っ越してきた。祖母は子どもみたいにはしゃぎ、喜んでくれた。目に見えて元気になり、このごろは畑仕事にまで出かけるようになり、加奈子をはらはらさせている。

杏里は、芦藁第一中学の生徒となった。そして空き教室一年四組の窓から、外を眺めている。

引っ越しする前日、マンションの郵便受けに桃花からの手紙が入っていた。

修也に渡したのと同じ封筒だった。


杏里へ。

杏里、引っ越しすると聞いてびっくりです。どうして、教えてくれなかったの？　ねえ、杏里。あたし、考えています。もしかして、杏里も木谷くんのこと好きだったんじゃないのかなって。

そうなの？　だとしたら、ごめんね。あたし、杏里の気持ち、気がついていたみたいに思う。気がついていたのに知らんぷりして、杏里に……。ごめんね、杏里。あたし、とてもキタナイよね。


最後まで読めなかった。涙がこぼれた。桃花のことは、今でも好きだ。転校するまで桃花たちとは少し離れてすごした。桃花と木谷修也とのことを耳にしたくなかったからだ。

ごめんね、杏里。あたし、とてもキタナイよね。

違うよ、モモちゃん。モモちゃんが汚いんじゃない。あたしが弱すぎたんだ。だから、だから……今度は負けないでいたいの。あたし、まだ返事が書けない。でも、いつか、強くなったら必ず手紙を書くから。

窓から風が吹き込んでくる。一年四組のカーテンが揺れた。

カタッ。

背後で小さな物音がした。振り向く。ドアのところに、長身の少年が立っていた。

え？　木谷くん？
杏里は大きく目を開け、息を詰め、少年を見つめていた。

一　真の窓

1

「おい。カズ」

背中を叩かれた。かなりの力だ。背骨にじんと響く。

「うっ、いってぇ」

市居一真《いちいかずま》は顔をゆがめ、振り向いた。

「うっす」

前畑久邦《まえはたひさくに》が右手をあげて、指をひらひら動かしている。久邦とは幼稚園、小学校、そして中学とずっと同じ学校に通っていた。家も徒歩十分たらずの距離で、オシメのころから仲良く遊んでいたそうだ。俗に言う『おさななじみ』というやつだろう。

「うっすじゃねえよ。おまえな、自分の馬鹿力を少しは自覚しろ。背骨、折れてたらどーすんだ」

久邦の黒目がくるんと回った。口がO《オー》の字にぽかりと開く。

「カッ、カズ。おまえもしかして、背骨をやられたのか」

背中に手を回し、よろめく。

「そっそうだ。おれは……もう、だめだ」

「カズ、しっかりしろ。死ぬな。目を開けろ」

久邦が一真の肩に両手を置き、大きくゆすってきた。身長は一真の方がかなり高いから、兄に甘えている弟みたいな格好になっている。かたわらを通り過ぎた女の子二人が、一人はちらりと横目で一真たちを見やり一人は口に手をあてて、同時にくすくすと笑い出した。

夏休みが終わって間もなくの、放課後。

デーパックを背負って走る者、ほうきを振り回してふざける男子、熱心に話し合っている三人の女子、固まって笑い興じている数人のグループ、ボールを抱えて急ぐサッカー部員……。廊下は中学生たちのたてるさまざまな声や物音で賑やかだった。

「ほらっ、もう、やめろよ」

一真は舌を鳴らし、久邦の手をはずした。

「あんまりアホなことすんな」

久邦の唇がきゅっと突き出される。

「のってきたのは、そっちだろうが。ばーか」

「のせてきたのは、そっちだろうが。ばーか」

久邦が肩を竦め、くっくっと軽快な笑い声をたてる。

こいつ、ほんとに変わらねえな。

おさななじみの笑い顔を見下ろして、一真はふっと思った。この笑い方も、調子のいい性格も、弾むような楽しげな口調も昔のままだ。ちっとも変わらない。なつかしいと感じるほどに変わらない。

そう思い、おれ、爺くさいこと考えているなと、おかしかった。自分がひどく老いたような気もした。

「おまえは、まだ十三歳だろう。過去をなつかしむような歳じゃない」父がこの思いを知れば、そう言って笑うだろう。笑ったあと、

「つまらないことを考えるヒマがあったら、ちゃんと将来をみすえろ。過去をなつかしむより、未来を展望するんだ。わかったな」

と、続けるにちがいない。眉間《みけん》にすっとシワをよせ、「わかったな」のところに力をこめる。そして、「わかった」と一真がうなずくまで、じっと見つめてくるのだ。ほとんど、瞬きもせずに。

その口調も表情も、今日の前にあるもののように生々しく感じられる。頭の隅が鈍く痛んだ。

「カズ?」

久邦が顔をのぞきこんでくる。

「どうした？……なんかあったのか？」

目にも声にも、さっきまでのふざけた調子はない。心配そうに、一真のようすをうかがっている。

「なんにもねえよ」

「けど……調子悪そうだぞ。オヤジさんと、また、もめたのか？」

「べつに」

ふいっと横を向いたけれど、久邦のカンの良さに少し驚いていた。わずらわしくもあった。

「何でここに親父が出てくるんだよ。カンケーねえだろ」

わざと、ぶっきらぼうな言い方をしてみる。久邦はそうかと微《かす》かにうなずき、それ以上何も尋ねようとはしなかった。口をつぐみ、視線をそらした顔は急に大人びたように見える。

「これから、部活か？」

逆に一真から問うてみた。久邦は、白の半袖シャツに青色のハーフパンツという格好だった。学校指定の体操着だ。わざわざ問うまでもなく、陸上部の練習に向かうところだとわかる。

「そうそう。おれ、即戦力候補だからな。天才におごることなく、日々、努力してまーす。おれって、ほんとエライ」

「おまえのテンサイは、天からの災《わざわ》いの方だろう」

「またまた、市居くん、サムーくなるようなオヤジギャグとばすんじゃないよ。お天道《てんと》さまに申し訳がたたねえさ」

「お天道さまって……おまえの方がよっぽどオヤジ入ってるぞ」

笑いの浮かんだ目で、久邦が見上げてくる。

「おまえの方は部活、どうだ？」

「うん……ぼちぼちかな」

あいまいな答えをしていた。

「十月の文化祭。どーんと作品、発表するんだろう」

「さあ、どうかな。まだ一年生だし……」

「美術部に一年も三年もねえだろう。おまえ、実力あるんだからどーんといけ、どーんだ」

「ヒサ、おまえ、どーんが好きだな」

「カズだって好きだろう。どーんって打ち上げる花火」

花火かとつぶやいていた。一瞬だが、夜空に咲く真紅《しんく》の花が見えた気がした。胸の奥がわずかに疼《うず》く。

「六年のときだよな。夏休みの宿題に、カズ、すげえ花火の絵、描《か》いてきたことあっただろう。あれ、市の花火大会の絵だよな。空いっぱいにどーんって花火が広がってて、すげえ迫力だったじゃん。県の展覧会で最優秀賞、もらっちゃったもんな。もらっても当たり前なんて思うほどのド迫力、ドド迫力だったぜ。おれ、すげえなってマジでカンドーしてたら、おまえ言っただろう」

おれは、あのとき何を言ったろう。

おさななじみの親友を見下ろしながら、一真は胸の疼きが強くなるのを感じていた。

「忘れたのか？　中学生になったら画用紙じゃなくて、カンバスいっぱいにでっかい花火を描きたいんだって、そう言ってたじゃないかよ」

「そんなこと言ったっけな。ぜんぜん、覚えてないけど」

嘘だった。よく覚えている。

一真の描いた『花火』は額に納められ校長室前の廊下に飾られたのだ。その下の壁には『県小・中学生展覧会・小学校の部、大賞受賞作　6年市居一真作　花火』と書かれたプレートがはめ込まれていた。誇らしかった。心臓がどくどくと激しく鼓動を打つほど、頬が赤く染まるほど、思いっきり叫びたいほど誇らしかった。大賞をとったことよりも、夏祭りの夜、目に焼き付けた光景を一真なりに、雄々しく、華やかに、画用紙にうつしとれたことが誇らしかった。

自分が誇らしい。

「カズ、おまえ、すげえなあ。よく、こんなの描けるなあ」

隣で、久邦がため息をもらした。本気で感心してくれている。そう思うと、さらに胸は高鳴った。

もっともっとすごい花火を知っている。束の間《つかま》に消える火の花を本物より激しく、美しく、妖《あや》しく、カンバスにとらえた絵を知っている。どこで、いつ目にしたのか定かではないけれど、確かに見たのだ。いつか、あんな絵を描きたい。

「ヒサ、おれな、中学になったら美術部に入る。それで、画用紙じゃなくて本物のカンバスいっぱいにでっかい花火を描きたいんだ」

「そっか、カズは美術部か。おれ、陸上。ぜーったい陸上」

久邦がVサインを作る。一真も指二本を立てた。

あれはいつのことだっけ？　去年……去年の九月だ。ちょうど一年前だった。

「じゃっ、おれ、練習、いってきまーす。おまえも十月目指して、がんばれ。がんば、がんば、おれたちっ。いえいっ」

一真の肩を叩くと、久邦は勢いよく階段を駆け下りていった。その足音が聞こえなくなってから、気がついた。

もしかしたら、あいつ、心配してくれたのかな。

そうかもしれない。このところ、ふさぎこんでいるおれのことを気にして、廊下で待っていてくれたのかもしれない。

大きく息を吐いてみる。手洗い場の鏡に顔を映してみる。久邦に心配をかけるほど、憂鬱な顔をしていたのだろうか。

また、ため息が出た。

「絵を描くのは中学までだぞ。高校では許さんからな」

夏の終わり、父の一成《かずなり》に言われた言葉が耳の奥によみがえってくる。一真の持っていたスケッチブックを苦々しげに見つめた後、一成は吐き捨てるように言ったのだ。

絵を描くことは許さん。

「なんでだよ。そんなのおれの勝手だろう」

「勝手にはさせん。本当は今すぐにでも止《や》めさせたいが、中学の間はがまんしてやる。それ以降は禁止だ。高校に入ったら、もっと役に立つクラブに入れ。わかったな」

そう言い捨てて、リビングを出て行こうとした一成の背に叫ぶ。

「なんでだ！　なんで、そんなに嫌うんだ」

長身の一成がゆっくりと振り向く。

「父さん、何でそこまでおれが絵を描くこと、嫌がるんだ。おかしいよ、そんなの。なんで、おれの自由にさせてくれないんだ」

「おまえは、いずれおれの跡を継いで、イチイ産業を守《も》り立てていかねばならん人間だろう。絵などに本気になっていてどうするんだ」

「むちゃくちゃ言ってる。江戸時代じゃないんだぞ。そんな、むちゃくちゃ通用するもんか。父さん」

父に向かって一歩、踏み出す。

「おれ、絵を描きたいんだ。どこかで見た花火の絵みたいなすごいやつをいつか描いてみたくて」

バシッと頬が鳴った。思い切り打《ぶ》たれたのだ。母の祥子《しょうこ》がキッチンから飛んできてかばってくれなかったら、もっと打たれたかもしれない。

あの日から父とはほとんど口をきいていない。怒りよりも悔しさよりも、なぜだという思いがずっと一真の中でうずまいていた。

なぜだ？

なぜ、父はあそこまで絵を拒むのだろう。昔から厳しい人ではあったけれど、理不尽な押し付けをする大人ではなかった。変わったのは、一真が美術部に入ってからだ。

なぜだ、なぜ……。

考えても答えはわからないし、わからなければ憂鬱になる。

がんば、がんば、おれたちっ……か。つぶやいてみると、少しだけ心が軽くなった。親友パワーかもしれない。

久邦の言うとおり、十月の文化祭に向けてがんばらねばならない。提出作品の下描きさえまだできていなかった。

親父のことなんかどうでもいい。おれは描きたいものを描くだけだ。自分にいいきかす。

スケッチブックを持って、廊下を歩く。行きたい場所があった。

今は空き室となっている一年四組の教室だ。その窓から見えるグラウンドの風景をスケッチするつもりだった。三階から見下ろすグラウンドは普段の姿より広く、明るく目に映ってくる。おもしろい構図だと思って眺めていた。今日は素描《そびょう》してみよう。

絵のことを考えていると、楽しい。そうだ、絵のことだけを考えよう。親父なんてどうでも……。

ドアにかけた手が止まった。カタッ。足先がドアに当たり小さな音をたてる。

一年四組、空き教室。誰もいないはずのそこに、長い髪の少女が立っていた。

大きく目を見開き、立っていた。

2

驚いた。

こんなに驚いたのは久しぶりだ。

まさか人がいるなんて。

教室の入り口には『1―4』というプレートが下がっている。しかし、一真たちが入学する一年前から空き教室になっていたと聞いた。

今一年生は三組までしかない。四組の教室はほとんど物置化している。さまざまな教具や備品がしまい込まれ、ほこりっぽく、静かだ。ちょっと前まで、ここに自分と同じ歳の生徒たちが机を並べていたなんて、信じられない。

一真がこの空き教室からグラウンドを見下ろす風景に惹かれたのは、入学して間もなく、四月の半ばだった。

美術部の恒例活動として、新入部員は、一週間で校内スケッチ五枚以上を提出することを課せられる。スケッチでもクロッキーでも、絵を描きたくて美術部に入ったのだから課題自体は大歓迎だった。他者とは違う自分なりの作品、僅《わず》かでも個性を感じさせる絵を描きたいと、一真は校内のあちこちを見て回った。

そして、一年四組の窓にたどり着いたのだ。そこからはグラウンドがほぼ見渡せた。北側に並ぶ駐輪場のトタン屋根、陸上やサッカー、野球といった運動部の部員たちの動き、プールわきにあるポプラの樹の影、さらにグラウンドの向こうに広がる街の姿……さまざまなものが眼下にある。校舎前の桜が葉を茂らせれば、視界の三分の一を緑が覆うだろう。葉が散ってしまえば裸の枝の向こうにグラウンドが現れる。春、爛漫《らんまん》の花をつければ豪奢《ごうしゃ》な桜色の風景になるのだ。少し白っぽい土は夏には眩《まぶ》しき光を弾き、冬はうっすらと雪を被《かぶ》る。夕暮れには赤く染まり、雨の日は小さな水たまりをあちこちに作る。

季節により、時刻により、一真自身の心の動きにより、表情を変えるのだ。一年四組の窓近くに立てば、見慣れたグラウンドがまったく別の場所のように思えたりする。

おもしろい。

ぞくりと背筋に震えが走る。

すごく、おもしろい。

課題を提出した後も、時々、この空き教室に足を向けるようになっていた。写生をすることもあったし、ただぼんやりと景色を眺めているだけのときもあった。どちらのときも、必ずスケッチブックをたずさえて行く。

今日は描くつもりだった。

斜めに深く視線を下ろし、桜の木々の間からのぞく陸上部員たちの姿をスケッチしようと思っていたのだ。

まさか人がいるなんて。

一年四組に誰かがいるなんて思いもしなかった。しかも、先客の少女は窓を開け、外を見ていたのだ。一真と同じように……。

黒目がちの大きな目をしていた。その目が見開かれたまま一真に向けられている。少女も驚いているのだ。とても驚いている。

見覚えがあるような気もした。廊下でちらりと姿を見たことがあるかもしれない。そうだ、三組に転校生が来たと聞いた。その転校生だろう。

少女が瞬きした。それが合図だったように、心臓がとくとくと速い鼓動を刻み始める。

えっと、何か言わなくちゃ。

「あっ、どうも」

軽く頭を下げてから、ばかやろうと胸の内で自分に舌打ちしてしまった。

幼稚園児でももう少し、マシな挨拶ができるぞ。

窓から風が入ってきた。カーテンがふわりと動く。少女の髪も風に流れる。流れる音が聞こえてくる気がした。

「木谷《きたに》くん？」

少女がつぶやいた。とても小さな声だったけれど、確かに耳に届いてきた。

キタニクン？

それがキタニという人の苗字であると気づくまでに、少し時間がかかった。

たぶん、二秒か三秒。

「あ……ごめんなさい」

少女の頬が赤らむ。内気な性格なのだろうか、恥じるように目を伏せてうつむく。窓から差し込む光が後ろから少女を淡く照らし出している。臙脂《えんじ》色と呼ばれる紫がかった赤のリボンと同系色のチェックのスカート、明るい灰色の上着、白いシャツのえり。ほぼ毎日目にしている芦藁第一中学校の制服だ。そう、見飽きるほどに見ている格好……それなのに、とても新鮮に思えた。特別のもの、この世界に一つしかないもの、手を伸ばしたら消えてしまうもの、そんな風に感じてしまった。

「人違いしちゃって……ごめんなさい」

もう一度謝り、少女は足早に一年四組から出て行こうとした。

引き止めようと思った。引き止めてどうするのか。なんのために引き止めるのか、わからない。理屈でなく感情が、頭でなく心が動いた。この少女を引き止めなければならないと。

「あの」

声をかけようとしたとたん、クシャミが出た。ほこりが鼻腔《びこう》を刺激したのだろうか。

やばい。このタイミングでクシャミなんて最悪じゃないか。ものすごくかっこ悪い。

焦れば焦るほどクシャミは止まらず、一真はわきの下に冷や汗をかいていた。

マジ、最悪。

目の前にポケットティッシュの包みが差し出された。薄青色のティッシュカバーに入っていた。

「使って」

「あ……どうも」

また、どうもかよ。おまえはそれしか言えないのか。また、胸の内で舌打ちする。なんだか、自分がどうしようもないほど間抜けな人間に感じられて、赤面してしまう。この少女の目にはどう映っているのだろう。考えればさらに、頬が熱くなる。

クシャミ、止まれ。

右手で鼻を押さえ、息を吐き出す。ふっ、ふっ、ふっ。

「えっ」

少女が小さな声をあげた。小さかったけれど、驚きの叫びだ。

「どうして、それを」

「え？　それって……」

少女の視線とぶつかった。少女は、真っ直ぐに一真を見上げていたのだ。無遠慮にのぞきこんでくる視線は苦手だった。圧するように見つめてくる目も嫌だ。しかし、少女の視線は真っ直ぐにぶつかってくるのに、とても心地よかった。無遠慮でもなく、不快な圧力もない。真っ直ぐなのに柔らかなのだ。

「クシャミを止めるお呪《まじな》い」

少女は鼻を押さえ、三回息を吐いた。

「ああ、これか……何か小さいころ教えてもらったんだ。たぶん、ばあちゃんにだと思うけど。あの、きみも?」

少女の黒目がくるんと動く。口元に微笑がうかんだ。

「うん。小さいころから知ってた。クシャミを止めるには」

「鼻を押さえて、息を三回、吐き出す」

「そうそう」

「右手じゃないとだめなんだよな。左手だと効き目がなくなる」

「うん。どうしてなんだろうね」

「ただの呪いだもんな。右でも左でもよさそうなのに。変なこだわりだよな」

いつもよりずっと饒舌《じょうぜつ》になっている自分に気がつく。無理にではなく自然に言葉が出てきた。

この人と話をしていたい。

強く思った。衝動に近いほど突然に、強く思った。少女がうふっと笑い声をあげる。

「でも、効いたよね」

「うん？」

「クシャミ、止まったみたいだよ」

「あっ、ほんとだ」

鼻の奥のむずがゆさがいつの間にか消えている。

「実はあたしもさっき、クシャミが出たの。それで、このお呪いをしたら、ぴたっと止まったよ」

「マジで？　すごい効力だな。ただの呪いだってバカにしてたのに、見直さなくちゃ」

少女の笑みがさらに広がる。その笑顔を日の光が微かな金色に染めていた。

描きたい。

夜空に閃《ひらめ》く稲光のように、一真の心中を思いが貫いた。とっさに少女を引き止めた理由がやっとわかった。描きたかったのだ。

おれ、この人を描きたいんだ。

こくりと息を飲み込む。心臓の鼓動が激しくなる。

この人を描きたいんだ。

この人……あっ、名前は？　名前は何というんだろうか。

胸元の名札に目をやる。声がした。

「井嶋さん」

開け放したままのドアの陰からひょっこりと丸い顔が現れた。

「なにしてんの、こんなとこで？」

「あ、里館さん」

「美穂」

少女と一真の声が重なる。

「あれぇ、カズまで。ええっ、驚き。二人知り合い？」

「違うよ」

「違うって」

また重なった。ぴったりと息が合っている。おかしい。一真は軽くふきだしてしまった。少女も肩をすぼめ、笑っている。

「うわぁ、なんかマジでいい雰囲気なんだけど、ちょっと、ちょっとちょっとお二人さん。まさかこの一年四組で逢引《あいびき》きとか」

「逢引きってなんだよ。おまえは幾つだ。そんな言葉、現役中学生がフツーに使うか?」

少女が美穂と一真を交互に見やる。

「里館さんこそ……知り合いなの? えっと、あの……」

「市居一真。一、二の一に真実の真」

胸ポケットにしまっていた名札を手のひらに置いて差し出す。

「市居くん。あたしは井嶋です。井嶋杏里」

井嶋杏里。それが少女の名前だった。名前を知っただけで一歩、近づいた気がする。たった一歩だけれど、近づけた。

「市居くんは、絵を描くの？」

杏里の視線が一真のスケッチブックに向けられた。

はい、描きます。何より描くことが好きです。井嶋さん、あなたを描かせてもらえませんか。

3

窓の外を白い花びらが過《よ》ぎった。

そんな気がして、一真は窓辺に近寄ってみた。見上げた空は鈍《にび》色をしている。鈍色あるいは薄墨色、それとも濃い鼠《ねずみ》色と呼ぼうか。どれも喪を表す悲しみの色だと何かの本で読んだことがある。確かに、雨雲に覆われた空の色は喪服の色を連想させた。

一真は窓を開け、空へと目を凝らす。

三月半ば、これから春の盛りを迎えようとする風景はどこも柔らかく輝いているようだ。川面《かわも》もグラウンドも遥《はる》か彼方《かなた》の山の峰も、そして見上げた空も淡く発光している。厚く垂れ込めた雲さえ鈍色の光に包まれているようだ。

美しい季節がまた、巡ってきた。

ほっと息を吐く。今まで、これからの季節を心待ちにしたことも、特別に美しいと感じたこともなかった。爛漫に咲く桜や黄色いタンポポの群れ、青くかすんだ空をそれなりにきれいだと思い、目を奪われたりもしたけれど、強く心惹かれたわけではない。

春の風景はどこもかしこも華やかな花の色彩に溢れ、ごてごてと飾りつけた女性のようで、どちらかと言うと苦手だった。風景画ならすっきりと単純な冬の景色がいい。色彩なら、漆黒《しっこく》の夜空に咲く大輪の花火を描きたい。

ずっとそう思ってきたし、今でも思っている。でも、今年の春だけは特別な季節になりそうだ。特別に美しく、記憶に残る春に。

風があまやかに匂う。花の匂いだろうか。視線をぐるりと巡らせてみたけれど、白い花びらなどどこにも見当たらない。芦藁市は内陸部にあり、四方を山に囲まれているので、春が遅い。三月半ばでは、桜はまだ固いつぼみだった。サクランボの花ならそろそろ満開の時季かもしれないが、校舎の周辺には一本もはえていないはずだ。

幻だったのだろうか。

弾む心がふっと花の幻を見せたのだろうか。

一真は振り返り、描き上げたばかりのカンバスを見つめた。

杏里が微笑んでいる。

ちょっとはにかんだような、でも楽しげな、それでいてどこか淋《さび》しげな笑みだった。杏里独特の笑顔だと思う。杏里は際立って華やかな顔立ちをしているわけでも、とびぬけて目立つ容姿をしているわけでもない。どちらかというと、目立たない地味な少女かもしれない。でも惹かれた。最初に出会ったとき、どうしても描きたいと感じた。見えない手に胸の内をかき回されるような心地がした。

描きたい。描きたい。描きたい。

自分でも驚くほど強く、烈《はげ》しい欲求が突き上げてきたのだ。ほんとうに、ほんとうに、驚いてしまう。今まで、こんなふうに想いが突き上げてきた経験なんて、一度もなかったのだ。絵を描くことは何より好きだった。だから、父から「絵を描くのは中学生まで」と一方的に告げられたとき焦りもしたし、腹立たしくもあった。心の内でずっと描き続けるのだと決めてもいた。そう、描くことが好きだったのだ。でも、こんなに誰かを、いや人でなくても、風景でも静物でも、心底から湧《わ》き上がるように描きたいと望んだのは初めてだ。あれほど心に残った夜空に開く花火でさえ、ここまで心を惹かれたりはしなかった。描きたい欲望を燃え立たせてはくれなかった。

自分の内にこんなに烈しい感情があることに一真は驚いたのだ。今まで知らなかった自分がふいに振り向いた。そんな気がする。

「あの、井嶋さんのこと描かせてもらいたいんだけど、だめかな」

杏里にそう告げたのは二学期の最終日、終業式の日だった。一年四組、廊下のはずれにある空き教室で初めて出会ってから三か月半が経っていた。

絵のモデルになってくれ。そう頼むのに三か月もかかったのだ。それも驚きだった。女の子と話をするのはそれほど得意じゃないけれど、苦手でもない。おさななじみの気安さはあるが美穂とはしょっちゅうしゃべっていたし、クラスメートの少女たちとも普通に冗談や軽口を交わしていた。

それなのに杏里には言葉をかけられない。廊下ですれ違うとき、杏里から目礼してくれたことも、昇降口で挨拶をしたことも何度かある。クラスが違うとはいえ、同じ学校の同じ学年なのだ。教室だって並んでいる。廊下やグラウンドの隅で、美穂や他の少女と笑い合っている杏里を見かけることだって度々だ。

承諾《しょうだく》してもらえるか拒まれるかは別として、一真さえその気になればいつだって声はかけられたのだ。それなのに……。

断られるのが怖かった。「ごめんなさい。そういうの嫌だから」と拒まれるのが怖かった。断られたあと、「そっか、残念。なーんか、井嶋さんを描きたい気分だったのにな。まっ、今回はあきらめるか」なんて、軽いノリでかわせる自信がなかった。

おれって、こんなに根性無しだったっけ。

自分が情けなくなる。久邦あたりに「こら、こら、こら。おまえ幾つだよ。ったく、ヘタレ過ぎだぞ」とつっこまれそうだ。

自分の内にある情けなく、脆《もろ》い部分。そこにも初めて気がついた。杏里と出会ってから、思いもしなかった自分自身が現れる。その度に、一真は戸惑い、揺れながら、少し高揚もしていた。

終業式の日、心を決めて杏里に声をかけたのは、冬休みに入ればしばらく会えなくなるという思いに背を押されたのと、四月に催される市の展覧会に杏里の肖像画を出品したいと考えたからだ。市の展覧会は年齢制限がないので市内の中学、高校からも毎年、何点かの応募がある。もっとも、審査も学生、一般の区別がないので中学生の作品が選ばれ展示されることはめったにないと聞いた。展覧会の会場に飾られる可能性は低いかもしれない。それでも、とにかく描きたかった。挑んでみたかった。そして、四月の展覧会に間に合わせるためには、三月中に作品を仕上げなければならない。年明けすぐに取り掛かっても遅いぐらいだった。

終業式の日、昇降口に一人でいる杏里を見つけたとき、一真はもう迷わなかった。いつまでも迷っていては描けない。挑めない。

「あたしを?」

一真からの申し出を聞いて、杏里は目を大きく見開いた。その表情のまま、しばらく黙り込む。

あっ、ヤバイかも。

一真の心内に焦りが走った。霙《みぞれ》交じりの風が吹くほど寒いにもかかわらず、わきの下にじわりと汗が滲んでくる。

いくらなんでもストレートすぎる。もうちょっと、言い方があるだろうが。ばかやろうだ、おまえは。

声にならない声で自分を叱《しか》る。

ほら、早く言えよ。ずっと、井嶋さんが描きたかったたんですって。初めて会ったときから、ずっと描きたかったんですって。

ばか、それじゃ、コクってるみたいじゃないかよ。かえって、引かれるに決まってる。変なやつだって思われるぞ。

もう思われてんじゃないのか。どうせなら思ってること全部、言っちまえよ。

いろんな声が頭の中でぐわんぐわんと響く。全部、一真自身の声だった。

杏里は黙っている。「いいよ」とも「いやだ」とも言わない。後から思い返せばほんの一分足らずの時間だったが、そのときの一真には一時間にも二時間にも感じられた。耐えられなくて、その場から逃げ出したくなったとき、杏里が小さくうなずいた。

「あの……どうしたらいいの」

「は？」

「あの、だから、モデルって……どうしたらいいの。座っているだけでいい？」

「は？　あの、え？　井嶋さん、モデルになってくれるわけ？」

杏里の両目が瞬く。

「だって、市居くん……モデルになってくれって、言わなかった？」

杏里の頬がほんの少し赤くなる。

「あの、それって、じゃあ井嶋さん……え？　いいのか」

「いいけど」

「ほんとに？」

もう一度、杏里がうなずく。そのときになって一真はやっと、全てがのみこめた。杏里は一真の申し出を受けてくれたのだ。「いいけど」とうなずいてくれたのだ。

「よっしゃあっ」

つい、快哉《かいさい》を叫んでいた。近くを通っていた二年生の女子が振り向く。それから、くすくす笑いながら遠ざかって行った。まるで気にならなかった。身体の中を熱い血が巡っている気がした。心臓が鼓動を打ち、胸が膨らむ。何でもできそうな気分だった。こういうのをハイになるって言うのだろうか。

「よっしゃあ、やるぞ」

さらに叫ぶ一真を見て、杏里が控え目な笑い声をたてた。

冬休み明けから取り掛かった肖像画ができあがったのが、今日。展覧会の作品提出期限は明日に迫っていた。

杏里は根気よく、まじめにモデルをつとめてくれた。描いている間は、ほとんど言葉を交わすことはなかったし、その他の時も、たいしてしゃべることはなかった。二人でいる時間だけが静かに過ぎていった。そして……。

できあがった。ちゃんと、描き上げたんだ。

ほっと息を吐く。カンバスの上に白布《はくふ》を掛ける。

一真は一年四組にいた。そして、間もなくここに……。

軽い足音がして、ドアが開く。杏里が入ってきた。黙って、一真を見上げる。

杏里は寡黙《かもく》な少女だった。口下手とか、おしゃべりが嫌いなわけではなく、懸命にしゃべろうとして言葉を捜す。それに時間がかかるのだ。その分、瞳がきれいだ。「ああこの人の言うことを聞きたい」と思わせてくれる瞳だった。

黒くてきれいな瞳を一真は特に時間をかけて、丹念に描いた。

「できたよ、井嶋さん」

「あ、やっぱり。放課後、ここに来てくれって市居くんに言われたとき、絵が完成したんだって思った」

さっき掛けたばかりの布を一真は、そっと取った。

「うわっ」

小さく声をあげ、杏里がカンバスに見入る。何も言わない。無言でじっと見つめている。沈黙の後に、必ず何かを言ってくれると今は信じられるから、十二月のときのように焦《じ》れることはない。ただ、不安にはなる。

この絵をどう見てくれるだろうか。

「これが、あたし……」

息を吐き出し、杏里がつぶやいた。頬が染まっている。

「あたし、こんなにすてきかな」

「おれから見た井嶋さんを描いたつもりだけど」

背を伸ばし、杏里は視線をカンバスから一真に移した。

「ありがとう」

「え？」

まさかお礼を言われるとは思っていなかった。杏里が微笑む。

「こんなにすてきに描いてくれて、ありがとう」

そのままだけど。一真は胸の中で答えた。

ほんとに、そのままなんだ、井嶋さん。

「背景、ここの窓から見た風景なんだね」

「うん。おれの一番好きな風景を使いたかったんだ。井嶋さん、あの……」

「うん？」

「もし、もしだけどこの絵が入選したら、展覧会、いっしょに見に行ってもらえるかな」

「いいよ」

杏里はすぐに答えてくれた。

「行きたい」

その笑顔が眩しくて、一真はそっと横を向いた。一年四組の窓の外は春の光と風に満ちている。

春の窓辺で

1

もう桜は散ってしまった。

今年は例年より開花が少し早かった。散るのも少し早かった。四月も半ばの今、公園の桜並木は青葉を茂らせている。まだ若い葉は真夏のように濃い真緑ではなく、淡く優しい薄緑色をしている。

昨日までぐずついていた天気が幻のように、空は晴れ上がり眩しく輝いている。

「五月上旬の陽気になるんだって」

背の高い一真を見上げ、杏里は言った。テレビの天気予報で、気象予報士というより女優のようなきれいな女の人が、最高気温は二十度近くまでなる予想だと告げていたのだ。

「でも、明日からは平年並みに戻るんだって。それで明後日《あさって》はぐっと冷え込むかもって、場所によっては遅霜がおりるらしいよ」

そこまでしゃべって、口をつぐむ。

あたしったら、何をつまんないこと言ってんだろう。

ため息をつきそうになる。

明日や明後日の天気なんてどうだっていいじゃない。今がこんなに気持ちがいいんだもの。どうだって……でも、それなら、何をしゃべるの？　市居くんと何をしゃべったらいい？

自分に問いかけてみる。

おしゃべりは苦手だ。

相手に話題を合わせてしゃべるのも、愛想《あいそ》笑いするのも、てきぱきと自分の思った事を説明するのも苦手だ。

すごく不器用なんだと思う。

あたしは、どうしようもなく不器用で、要領が悪いんだ。今日だって、せっかく市居くんが誘ってくれたのに、こんなに気持ちのいい道を二人で歩いているのに「場所によっては遅霜がおりるらしいよ」だって。まるでお年よりみたい。ほんとに、あたしって……。

「ありがとう」

ふいに一真の声が聞こえた。ふんわりと被さってくるような優しい声音《こわね》だ。

「え？　なんて？」

一瞬、何を言われたかわからなくて、杏里は足を止めてしまった。

「だから……その、ありがとうって」

一真も立ち止まり、杏里に視線を向ける。

「どうして、市居くんがあたしにお礼なんて言うの？」

「今日、おれに付き合ってくれたじゃないか」

「展覧会のこと？」

「うん」

市の主催する展覧会は今日の土曜日に始まり、四月いっぱいまで開催されている。会場となっている市民文化ホールは公園の奥にあった。この桜並木を抜けたところだ。

「だって、展覧会、見に行くって約束していたでしょ。市居くんに付き合うとかじゃなくて、あたしも行ってみたかったし……」

そうなのかなあ。あたし、展覧会に行きたかったのかなあ。誘ってくれたのが市居くんでなかったら、展覧会に行こうって思ったかなあ。どうだろうか。どうなんだろうか。

昨夜《ゆうべ》の電話を思い出す。

「あの、井嶋さん、明日の土曜日、展覧会に行ってくれない。あの、ほら、市のやつで……他に用事がなければだけど」

受話器を通しても一真の声は優しい。そのくせ、ぴんと張りつめた硬さも感じさせる。杏里はすぐに「行きたい」と答えた。答えた後、自分で驚いた。「行きたい」と答えた声の弾む調子にも、ふいに高鳴った胸の動悸にも驚いた。コードレスの小さな電話機を強く握り締めたほどだ。

チチチ。頭上で鳥の鳴き声が聞こえた。見上げると、小さな鳥が数羽枝の間を飛び交っている。白い腹が愛らしい。

「あたし……市居くんが誘ってくれて嬉しかったけど。約束だったから……でも、あたしの方から言い出せなかったし……」

「落選しちゃったから、井嶋さんを誘いにくかったんだ」

一真が肩をすぼめ、顔をゆがめてみせた。

「入選してたら、いっしょに見に行くって約束だったろう。だけど、おれダメだったし、でも、展覧会には行きたかったし……井嶋さんをどうやって誘おうかって悩んでたんだ。あーぁ、ほんとに、ちゃんと入選できてたらよかったんだけどな」

一真が微かなため息をついた。杏里は少し慌ててしまう。

「あの、でも、それって、しょうがないよ。プロの絵描きさんなんかも応募してくる展覧会なんでしょ。あたしたち、まだ中学生なんだし、やっぱり、難しいと思うけど」

自分でもたどたどしいなと感じる。

こんなんじゃ市居くんを慰められない。

ピチュピチュ、ピピピ。ピピピーッ。

激しい鳥の声と羽ばたきの音がした。杏里と一真は同時に顔を上げ、梢《こずえ》を仰ぐ。さっきの小鳥たちが体をぶつけ合っている。

「ケンカかしら?」

「みたいな感じがする。しかもけっこう本気っぽいよな。あんなにちっこいのに、気が強いんだ」

鳥の荒々しい動きのせいなのか青葉が一枚、ちぎれて落ちてくる。それはあるかないかの風にふわふわと揺れながら杏里の肩に止まった。一真が摘《つま》み上げる。仄《ほの》かに青い清涼な匂いが漂った。

「でもなぁ落選したけど、おれ、そんなに悔しくないんだ」

摘み上げた一葉を光にかざし、一真はぼそりとつぶやいた。

「全然悔しくないって言ったら嘘になるけど、落選したって聞いて、ものすごくがっかりしたわけじゃないんだ」

杏里はうなずいた。一真が強がっているわけではないと、わかっていた。そんな力みは一真のどこにも見当たらない。

「だけど、最初から無理だってあきらめてたわけでもなくて、おれはおれなりに自信もあったから、やっぱ、少しはショックだった」

「うん」

「けど、落選したショックより、何かあの一枚をちゃんと描き上げれたって満足の方が上なんだ。悔しいけど嬉しい、がっかりしたけど満足みたいな……複雑でややこしい気分で、こういう気持ち、今まで一度も感じたことなかったから、うまく言えないけど……あれっ？」

「どうしたの」

「あいつたち、もう仲直りしてるぞ」

一真が指さした枝先で、白い腹の小鳥が二羽、身を寄せ合っていた。

「ほんとだ。さっきのケンカ、なんだったんだろうね」

小鳥が飛び立つ。杏里と一真も桜並木の下をまた、歩き始めた。

「昨日ね、前の学校の友だちから手紙が来たの」

すっと言葉が口からこぼれた。

「手紙かぁ。女の子はよく、書くよな。男はめったにしないけど」

「そうだね。あたし、まだ携帯持ってないから、メールとかできないけど、持ったとしても手紙を書いたりすると思う」

「便箋《びんせん》とか封筒とかけっこうこだわったりするよな。おれなんか、ノートの切れ端でいいだろって感じだけどさ」

「うん、こだわる、こだわる。自分の気に入らない便箋だと書く気がしなくなったりするもの」

「そこんとこが、男としてはどーも理解できないんだ。書けるんだったらトイレットペーパーでもいいと思うけどな」

「トイレットペーパーの手紙なんてもらっても、あまり嬉しくないなあ。すごく読みづらそうだし」

「そうかぁ。じゃまだったら、そのままトイレに流せて便利じゃん」

一真が真顔でそんな冗談を言う。杏里は噴き出してしまった。笑いが身体中にさざなみのように伝わっていく。おかしい。

笑いが何とかおさまったとき、一真が静かに問うてきた。

「どんな手紙だった？」

「うん？」

「友だちからきた手紙。井嶋さんにとって楽しいものだった？」

一真がのぞきこんでくる。その目を見返して、杏里はゆっくりとうなずいた。

「うん、とてもすてきな手紙だった」

桃花からの手紙だった。

桃花の好きな薄い青色の便箋に、丸いくせのある字でいろんなことが記されていた。

二年生になって、担任が若くてイケメンの先生になったこと。真琴とは同じクラスだったけれど珠緒とは別のクラスになったこと。それを知ったとき、珠緒が声をあげて泣いたこと。学校の傍にしゃれたケーキ屋さんができたこと。音楽担当の石井《いしい》先生が結婚してイギリスに行ってしまったこと。

ほんとうにいろんなことを桃花は書いてくれていた。

あたしは杏里を忘れていないよ。まだ、友だちだよ。

書かれてはいなかったけれど、桃花のメッセージが伝わってきた。

ありがとう、桃花。

手紙を胸に抱きしめて何度もつぶやいた。

ありがとう、桃花。

いろんなことが書いてあった桃花からの手紙。でも、木谷修也についてはひと言もふれていなかった。杏里の心を察して、桃花はわざとふれなかったのだろうか。

木谷くん……。

今頃どうしているだろう。きっと、グラウンドを走っているはずだ。口元を引き締めて、真っ直ぐ前を向いて、とてもひたむきな表情で走っているはずだ。

きっと、きっと、そうだ。

「返事、書くんだろ」

一真が目をそらし、前を向く。文化ホールが見えてきた。丸い屋根をした灰色の建物だ。

「うん、書くよ。近況報告しなくちゃ。また美穂ちゃんと同じクラスになりましたって。担任の先生も変わらずですって。市居くんのトイレットペーパー手紙のことも書くつもり。笑えるよね」

「おれ、すごい馬鹿なこと言ったみたいじゃないか」

「すごい馬鹿なこと言ったもの」

「そりゃあ、ちょっとひでえなあ」

笑いがまたさざなみとなって押し寄せてくる。

市居くんといると、いつも笑っていられる。

そう思った。それに、気持ちよくおしゃべりできる。こんなに、すらすらと何も気にしないでしゃべれるなんて、久しぶりだ。

なぜだろう?

背中をとんと突かれた。驚いて振り返る。

「へへ、おじゃま虫、美穂ちゃん参上」

里館美穂が笑っていた。その後ろに、前畑久邦が立っている。一真の黒目がくるりと動いた。

「どうしたんだよ、おまえら」

「ぶっちゃけるとおさななじみのデートが気になって、気になって、おじゃまとは思いながら追っかけてきましたぁ。ねっヒサ」

「まあな。おれは美穂に引っ張られて、強引に連れて来られたんだけど」

久邦が軽く肩を竦める。

「だけど、おまえら何でおれたちがここにいるって、わかったんだよ」

一真が久邦と美穂をかわるがわるに見やる。

「わかるよ、長ーい付き合いだもん。てか、ごめん、種明かしすると、カズん家《ち》のおばさんにさっき、道でばったり出会ってさ、それで聞いたの。今日、文化ホールに出かけたって」

美穂が杏里の肩に手を置いた。

「杏里、じゃまかもしんないけど、いっしょにランチしようよ。公園の裏にバーガーショップ、あるんだ」

「うん、いいけど」

「やった。決まり。ごめんね、カズ。こいつ、すげえじゃまだって怒ってるでしょ」

「べつに」

「またまた、無理しちゃって」

美穂が一真の胸を軽く押す。一真は苦笑を浮かべた。

横顔が修也によく似ている。息をのむほど似ている。杏里は瞬きしてみた。一真と修也はまったく別の人間だ。輪郭は少し似通っているけれど、顔立ちはまったく違う。それなのに、横顔が重なった。

あたし、誰のことを考えているの。

杏里はそっと胸の上でこぶしを握った。

青葉の匂いのしみこんだ風が前髪を揺らし、吹きすぎていった。

2

バーガーショップはけっこう混んでいた。いつもは中、高校生でにぎわう店内が家族連れでいっぱいだ。土曜日ということもあるのだろうが、優しく柔らかな陽気に誘われてふらりと出かけた人たちが、案外多いのかもしれない。

杏里たちは店の隅に四人分の席を見つけ、何とか座ることができた。

「疲れた?」

一真が聞いてくる。

「少しね。けっこう歩いたから」

「会場、思ったより広かったからな」

「うん。あんなにたくさんの絵が並んでいるとは思わなかった。でも、けっこう楽しかったよ」

「ほんとに？」

「うん、楽しかった」

嘘ではなかった。杏里には絵の良さとか価値とかはほとんど理解できなかったけれど、（きれいだな）と思う絵が何枚かあったのだ。淡い色で満開の桜を一面に描いた作品とか紫色の屋根が連なる異国の風景画とか赤いコートの女の子が一人、石だたみの道に立っているものとか、とても心に残った。だけど一番、心をうばわれたのは……。

「井嶋さん、あの絵をずいぶん、熱心に見てたよな」

一真がアイスコーヒーの入った紙コップを持ち上げながら、ぽそっとそう言った。

「あ……うん。そうかも」

なぜか、目を伏せてあいまいな返事をしてしまった。

あの絵。それは、ファッション雑誌を二冊並べたほどの大きさの一枚だった。奥まった一室のあまり目立たない場所に飾られていた。

真っ青な空の下を少年が走っている。足の下はグラウンドではなく、緑の草原だった。たぶん長距離走者なのだろう。唇をわずかに開き、前をしっかり見つめ、少年は走っていた。白いランニングシャツも顔も汗で濡れている。その表情は苦しげにも、楽しそうにも見える。

木谷くんだ。

目にした瞬間、そう思った。

木谷くんが走っている。

目も心も惹きつけられる。絵の中の少年は高校生くらいで、木谷修也よりはずっと大人びていた。顔つきも髪型もまるでちがう。

でも、似ていた。

どこが似ているか杏里にはうまく言えないけれど、似ているのだ。それともランナーって、どこか似てくるものだろうか。

そんなことを考えながら、絵の前でぼんやり立っていた。

「杏里、もう行こうよ」

美穂に腕を引っ張られるまで立っていた。

あの絵のどこが気に入ったの。一真に尋ねられたらどう答えよう。トレイの上のオレンジジュースを見ながら考える。しかし、一真はそれ以上、何も聞いてこなかった。

かわりのようにテーブルの横で久邦が「おいおい」と声をあげる。それから、「あんなガキンチョがスペシャルバーガーなんて食ってるぞ」

チーズバーガーとコーラの載ったトレイを持ったまま、顎をしゃくった。

四、五歳ぐらいだろうか丸顔の少年が、ハンバーガーにかじりついている。十センチほども厚みがありそうなハンバーガーだった。隣には両親らしい男女が同じバーガーを手に持って、笑っている。

「あいつ、ガキンチョのくせにぜいたくじゃねえ？　ぜーったい、成人病予備軍の口だな。血糖値タカッ、中性脂肪タカッ、コレステロールタカッのかわいそーな大人になるぞ」

「ヒサ、うるさいよ。いくらスペバーガーがうらやましいからって、いちいち文句つけんじゃないの」

美穂がぴしゃりと言う。それから、早く座れというようにテーブルをトントンと二回叩いた。久邦は唇を尖らせたまま、イスに座った。

「へん、スペバーガーなんてうらやましがるもんか」

「またまた、強がっちゃって。だめだよ。あれ、四百二十円もするんだから。ヒサのお小遣いじゃむりむり」

「美穂、おれをバカにすんな。おれの月々の小遣い、いくらだと思ってんだ。すげえんだぞ」

「えーっ、そんなにもらってんの。いくら？」

「二千百六十円」

「なに、その中途半端な額は」

「二千円に消費税付きなんだとよ。税金付きの小遣いもらえるなんて、あんたぐらいのものだ感謝しろって、かーちゃんに言われた。現役中学生の小遣いが二千百六十円ぽっきりってどーよ。せめて三千はくれよ、かーちゃんって感じだよな。みんな思うだろう」

美穂が顎をあげ、のけぞって笑い出す。

「あはははは、その発言、おばちゃんらしいね。最高。あはははは」

美穂の笑い声は澄んでよく通る。店内の客が何人か杏里たちのテーブルに視線を向けてきた。

この二人、すごく仲が良いんだ。

美穂と久邦の会話には仲の良い、気心の知れた者たちの滑らかなテンポがあった。

「あの」

黙って二人のやりとりを聞いている一真に声をかける。

「うん？」

「市居くんたちって、おさななじみなんだよね」

一真が答えるより先に、美穂が口を開く。

「そうそう。家が近くて幼稚園のときからずっといっしょ。こういうのを……えーっと、カズ、こういうの何て言うんだっけ？」

「腐れ縁」

一真が肩を竦め、小さく笑う。

「それそれ、腐れ縁。そうなんだよ、杏里。あたしたち、腐れ縁三人組なんだ。なんせ、十年以上つるんでるんだから」

「そうか。ほんとに仲が良いんだね」

「うらやましい？」

「うん。うらやましい」

本心からそう言った。大の仲良しのおさななじみなんて小説かドラマみたいだ。何でも話せて、遠慮も心配も、相手の顔色をうかがったり、話題を合わせようと無理をする必要もなくて、いろんな共通の思い出があって、それを屈託なくおしゃべりできて、すてきだと思う。

「杏里って、正直だね。マジでうらやましい顔になってる」

「だって、マジだもの」

美穂はくすくす笑いながら、アイスコーヒーをスティックでかき混ぜた。ミルクもシロップも入っていない。杏里も一真も久邦もそれぞれに飲み物と好みのバーガーを注文した。けれど、いっしょにランチしようと誘ったにもかかわらず、美穂はアイスコーヒーだけしか頼まなかったのだ。

「美穂ちゃん、お昼、それだけ?」

思わず聞いてしまった。紙コップの中の黒い液体は飲み物というより薬のように見える。

「うん。何か急に食欲なくなっちゃって。もともとあんまし、お腹空《なかす》いてなかったみたいでさ」

「だけど、コーヒーだけなんてダメだよ。少しだけでも食べたら」

フライドポテトを差し出す。ふいに美穂は顔をゆがめ、かぶりを振った。今までの陽気な笑顔が一変する。

「いらない。食べたくないんだ。て言うか、食べちゃダメなの」

「食べちゃダメ？　どういうこと？」

「太るんだ。あたし、食べたらすぐお肉になっちゃう体質なの。これ以上太ったらたいへんだからさ。ダイエットしてるわけ」

「そんな。美穂ちゃん、全然太ってないでしょ。むしろ、痩《や》せてる方じゃない。ダイエットなんか必要ないよ」

美穂の顔色が変わった。瞬きもせずに杏里を見つめてくる。

「嘘つき」

美穂の声とは思えないほど低いささやきだった。

「嘘つきって……美穂ちゃん、あたし嘘なんかついてないけど……」

杏里は胸を押さえた。動悸がする。美穂が何を言っているのか理解できない。急に変わってしまったことに戸惑ってしまう。

「あたし、痩せてなんかいないよ。あたし、これ以上太ったらすごく醜くなっちゃうんだ。だから、ダイエットしてるんじゃない。すごくがんばってるのに、杏里ったら」

「美穂、やめろよ」

一真が美穂の腕に手をおいた。

「落ち着けよ。井嶋さん何も言ってないだろ。おまえの思い違いだ」

美穂の目が大きく見開かれた。涙がひとつぶ、ほろりとこぼれる。一真の手をはらいのけると、美穂は立ち上がり駆け出した。そのまま店を飛び出していく。ぶつかりそうになった店員が小さな悲鳴をあげた。一真がため息をつく。

「なんだ、あいつ」

久邦が一真の肩を摑《つか》む。

「カズ、追いかけて連れ戻して来い」

「おれが？　何でだよ」

「美穂はずっとたいへんな目にあってたの、おまえだって知ってるだろうが」

一真がちらりと杏里を見た。一真もまた戸惑っているのだ。

「そりゃあ……知ってるけど。ずいぶん心配したし。けどな、あのことはもう解決したんだろう」

「そんなに簡単なことじゃねえよ。ぐずぐず言わずに、早く美穂を追いかけるんだ。おまえじゃないと、ダメなんだから」

何か言いかけて一真は口を結んだ。黙って立つと、足早に出入り口に向かう。

杏里はその背中が外の雑踏に消えるまで見つめていた。久邦が長い息を吐き出す。

「なんか変なことになっちゃって、ごめんな」

「そんなこと……でも、美穂ちゃん、どうしたの？　あたし、美穂ちゃんを傷つけちゃったの？」

口にしたとたん、寒気がした。

知らない間に誰かを傷つけている。気がつかない内に周りの人を苦しめている。そういうことって、あるのだ。他人の何気ない一言に心が痛むことがある。だとしたら、自分の不用意な言葉が他人に痛みを与えることだってあるだろう。

美穂はこの街に来て最初にできた友人だった。明るくて、親切で、少しおしゃべりだけれどいっしょにいて楽しい。一人席に座っていた杏里に気軽に声をかけてくれた。笑いかけてくれた。美穂のおかげで、転校生の心細さがずいぶんうすまった。美穂が同じクラスにいてくれてよかった。心からそう感じ感謝している。それなのに、美穂を泣かせてしまったとしたら……。

あたし……美穂ちゃんに何を言った？　何をした？

一生懸命考える。何も思い浮かばない。頭の隅が鈍く痛み出した。チーズバーガーの包みを丸めている久邦の方に身を乗り出す。

「前畑くん、あの……美穂ちゃんのこと、教えてくれる？　美穂ちゃん、どうして急に、あの……」

久邦が丸めた紙をテーブルに転がした。唇が微かに動く。

「美穂はずっと一真のことが好きだったんだ」

それは聞き取れないほど小さなつぶやきだった。

3

「杏里」

耳元で名前を呼ばれた。驚いた。慌てて立ち上がる。イスがガタンと大きな音をたてて、後ろに倒れた。

「まあ」

母の加奈子が目を見張り、口を丸く開けて、倒れたイスを見やった。それから、くすりと笑う。

「どうしちゃったの。呼んだだけなのに、そんなにびっくりして。こっちの方が驚くじゃない」

「あ……うん、ちょっと考えごと、してたから」

イスを起こし、杏里は笑みをうかべてみる。

無理してるな。

そう思った。

頬の辺りが滑らかに動かない。無理して笑おうとするから、硬くこわばってしまうのだ。

こんな無理やりな笑い方、もう、したくない。ううん、もう、しない。絶対に、しない。

芦葉市に引っ越してきた日、初めて芦葉第一中学に足を踏み入れた日、そう決めた。自分で自分に約束した。

心を隠して、周りに適当にあわせて、頬の筋肉がかちかちになるまで無理な笑いを浮かべて……そういうの、もう、やめよう。そんな笑い方をしてみんなと騒ぐより、騒いだ後で疲れたな、とため息をつくより、ため息をついた自分を少し惨めに感じるより、一人でいよう。心にそむかないように、笑ったり、泣いたりしよう。

決めたのに、なかなか、上手《うま》くいかない。今もまた、窮屈な笑い方をしていた。

何を考えていたのと、加奈子は尋ねなかった。

ほっとする。

何を考えていたのと尋ねられたら、「別に……」とあいまいな答えを返さなければならないところだった。

こういうとき、母のさっぱりした気性をありがたいと思うのだ。

あなたはあなた、わたしはわたし。母娘《おやこ》であっても、いや、母娘だからこそ、言えないことや聞いてはいけないことがある。

加奈子はそう割り切っているようで、よほどのことがない限り、執拗《しつよう》に問い質そうとはしない。前の街にいたころは、どことなく頼りなく、すぐに杏里に「ねえ、どうしよう」と相談をすることも多かったのに、このところ、それもぐっと減った。

芦藁に来て、一番変わったのは加奈子かもしれない。

逞しく、強くなった。ちょっぴりだけどきれいになった。

「おまえのお母さん、ずいぶんと凜々《りり》しいね」

一週間ほど前になるだろうか、祖母の菊枝《きくえ》がくすくす笑いながらそう言った。

季節が逆戻りしたような風の寒い日だったけれど、ガラス戸をぴたりと閉めた祖母の部屋は陽射しのぬくもりだけが満ちて、とても心地よかった。

一時は目に見えて回復していた祖母の体力は、このところまた弱り始めて、寝たり起きたりを繰り返している。その日は、調子が良かったのだろう。布団の上に上半身を起こし、庭木の青葉に目を細めたりしていた。

「それ、男っぽいってこと？」

「凜々しいは、凜々しいさ」

凜々しいという言い方には、あまりなじみがない。ふだん、めったに使わない言葉だ。でも、祖母が母をほめていることは、よく理解できた。祖母は亡くなった父の母親だ。だから、菊枝と加奈子は血のつながらない間柄になる。その二人が、多少は遠慮したり、ぎくしゃくしながら、相手を大切に思い、労《いたわ》りあいながら暮らしている。それも理解できた。

「母さん、おばあちゃんの所に来てから変わったかな」

「そうだねえ」

「けど、母さん、もう四十だよ。そんな歳なのに変わったりするのかな」

杏里にとって、四十という歳ははるか遠くのものだ。四十の大人が自分と同じように、悩んだり、迷ったりしながら変わっていくなんて、信じられない。

菊枝が光の中でふんわりと笑った。

「杏里、人はね、幾つになっても変われるものなんだよ。良くも悪くも、凜々しくも卑しくも、変わるものさ。変われるものなんだよ」

「そうなの」

「そうとも」

菊枝はまた、ふんわりと笑った。あんまりふんわりとした笑顔だったから、杏里もつられて微笑んでいた。

そうか、人は幾つになっても変わる、変われるものなんだ。

胸の中でつぶやくと、胸の中もふんわりと軽くなった。

祖母と母と自分。菊枝と加奈子と杏里。女三人で暮らす日々は穏やかで、優しい。

杏里は、芦藁での生活に満足していた。

加奈子が祖母の部屋をちらりと見やった。

「おばあちゃん、今、眠ってるの。目を覚ましたら、薬を飲むように言ってくれる?」

「うん。母さんは?」

「仕事、仕事。がんばらなくちゃ」

仕事場になっている二階を指さし、加奈子は空いている手で胸をとんと叩いた。このところ、仕事が忙しいらしい。電話もしょっちゅうかかってくるし、仕事場には遅くまで明かりがともっていた。

「母さん、あんまりがんばりすぎないで」

杏里がそう言うと、加奈子は嬉しげに笑い、もう一度、胸を叩いた。さっきより、強めに叩いた。

「だいじょうぶ、だいじょうぶ。今、母さん、絶好調なんだから。心配なんかしなくていいから。ばーんっとまかせておきなさい」

じゃあねと笑いながら、加奈子が二階に上がっていく。

なるほど、凜々しいな。

ぐじぐじしてなくて、さっそうと前を向いていて、かっこいい。

こういうのを凜々しい人って言うんだね、おばあちゃん。

杏里はイスに腰をおろした。

あたしは、どうだろう。

あたしは、凜々しくいられるだろうか。

「美穂ちゃん……」

里館美穂の顔が浮かぶ。涙を浮かべていた。

「嘘つき」

杏里を見つめながら、低くつぶやいた声が聞こえる。胸の奥が、きゅっと強くねじられた気がした。

「美穂はずっと一真のことが好きだったんだ」

久邦の一言がよみがえる。昨日、バーガーショップで聞いた一言だ。胸の奥が痛い。


美穂が走り去り、一真が後を追いかけて行った後、久邦は杏里にぼそぼそと低い声で話をした。それは、いつもの久邦の陽気で騒がしい物言いとは、まるで違っていた。

「美穂はずっと一真のことが好きだったんだ。たぶん、幼稚園のときから好きだったんじゃないかな。おれ、コクってみればって何度もすすめたんだぜ。カズ……一真って何かそういうの、鈍いとこあって、美穂の気持ちなんか全然気がついてなくて……だから、コクらなきゃどうしようもないぞって、ホンキ、アドバイスしたんだけどなぁ。けど、あいつ、見た目はがちゃがちゃ元気に見えるけど、わりに臆病なのな。

今、おれたち、けっこう仲がいいだろ。井嶋が言ったように、マジで気が合うんだよな。しゃべっていても楽しいし、嫌味ねえし、気を遣わなくてもいいし、けっこう何でも話できるしな。そういう友だちって、えっと、なんつーのか……貴重？　うん、貴重だろ。おさななじみってだけじゃ、そうはいかないもんな」

そこで久邦は唇をなめ、少し黙り込んだ。氷のとけた紙コップをそっと握る。

「こういうこと言わない方がいいのかもしんないけど……一年のとき、美穂、学校に出てくるのが辛くて、ずっと休んでたこと、あったんだ。井嶋が転校してきたころだけど」

杏里はうなずいてみた。それより他に何もできなかった。

「小学校のときから仲の良かった、女の子のグループともめたらしくて、あいつ、クラスで浮いちゃったみたいなんだよな。美穂ってちょっと調子にのっちゃうことあるから、つい、相手の気に入らないこと言っちゃったらしい。けど……友だちなら、そういうこと、あるじゃないかよ。いつもいつも、お互い気に障らないように用心しながらしゃべったりするの、疲れるだけだし、そういうのホントの友だちじゃねえもんな。美穂にすれば相手のこと友だちだと思ったから、正直に言ったんだと思うけど」

「何を言ったの」

「それがくだらねえの。買ったばかりのスカートが似合うかって聞かれたから、あまり似合わないって正直に答えたんだとよ。そしたら、相手が泣き出して……美穂のやつ、『他人の気持ちを考えない無神経な女』になっちまったんだ。それで、シカト」

久邦はコップの中の水を一気に飲み干した。

「あいつ、カズがいたからがんばってガッコに来てたんだと思う。カズと話をしたり、声をかけたりするだけで元気になれたんだと思う。それでも、どうにもならなくなったら、休んで……けど井嶋が来てから、変わったんだ」

「変わった？」

杏里、人はね、幾つになっても変われるものなんだよ。

「うん。変わった。井嶋は他の女の子みたいにグループ作らないし、美穂にも普通に話しかけて、いつの間にか、友だちみたいになってくれただろう。美穂、ずいぶん、助かったと思うな、おれ」

「そんな……」

助けてもらったのは杏里の方だ。美穂が話しかけ、笑いかけてくれたとき、ほっと身体の力が抜けた。

「美穂、井嶋とずっと友だちでいたいんだと思う。けど、カズが井嶋のこと本気で好きになったら……そういうの、やっぱ、ちょっと辛いよな」

そこで口を閉じ、久邦は悪《わり》ぃと謝った。

「おれ、つまんねえこと、しゃべっちまったかな」

杏里はゆっくり頭を横にふった。何を言っていいかやはりわからなくて、黙ったまま、うつむいた。


美穂ちゃん。

美穂のことを考える。昨日からずっと考えていた。

井嶋とずっと友だちでいたいんだと思う。久邦はそう言った。

じゃあ、あたしは？

杏里は考える。さっき母がしたように胸を叩いてみる。

あたしも、友だちでいたい。

里館美穂とずっと友だちでいたい。美穂を失いたくない。

だったら……。

杏里は立ち上がり、リビングの隅にある電話機に近づいた。待っていたかのようにベルが鳴る。

リリリリ、リリリリ、リリリリ、リリリ。

「はい、井嶋です」

「杏里、あたし」

受話器の向こうから、美穂の声が伝わってきた。

4

「美穂ちゃん」

受話器を強く握りしめる。耳に押し当てる。

「今、ひま?」

美穂の声はいつもより少しだけ低いようだ。

「あ、うん、ひまだよ」

答える。ちょっとの間、ほんの一秒か二秒の沈黙の後、美穂は、

「杏里さ、今、出てこられる?」

と、聞いてきた。杏里は顔を上げ、祖母が眠っている部屋に目をやった。そこは和室の六畳間でふすまがぴたりと閉まっている。ウグイスが白梅の枝に止まっている絵が描かれていた。

それまで住んでいたマンションにはふすまも障子もなかったから、最初、その和風の建具《たてぐ》がとても珍しく、何度も開け閉めしていて、祖母に笑われてしまった。

梅は祖母の大好きな花なのだそうだ。

「控え目だけれどきれいな花だろう。昔から好きでねえ。菊枝より梅子《うめこ》って名前にしてほしかったぐらいさ」

祖母は歳をとっても、色の白いきれいな肌をしていた。それが白梅の花弁み

たいに思えたから、杏里は思ったままを口にした。

「そう言えば、おばあちゃん、梅の花みたいだよね」

祖母は目を見張り、頬をほのかに染めた。それから、にっと笑った。少女みたいな笑い方だった。

「まぁ、杏里、ありがとうね。とっても嬉しいよ」

今、祖母はふすまの向こうで床《とこ》についている。今朝から微熱があって、身体がだるいらしく、うつらうつらと眠っている。

おばあちゃん、今、眠ってるの。目を覚ましたら、薬を飲むように言ってくれる？

母の加奈子の言葉がよみがえってくる。

「美穂ちゃん、ごめん。今はちょっと……」

「あっ、やっぱ無理か」

美穂の声がぽんと軽く、高くなる。

「だよね。杏里だって忙しいもんねっ。へへっ。ごめん、ごめん」

「美穂ちゃん、あの……」

「いいの、いいの。ぜーんぜんかまわないの。近くに来たから、杏里、いるかなって思って連絡しただけ。どーってことないの」

「近くにいるの?」

「え? あ、うん。まあね。ここらへんに用事があったんだ。それが早く終わっちゃったから、時間、あまってさ。はは、まさに想定外でございました。あれ、ちょっと古いか。時代についていけてないね、あたし。ちょっと、かなり、ちょうヤバイかも。だから、えっと、ほら時間つぶし。そう、時間つぶしに電話しただけだから。はは、ごめんね。また、連絡するよ」

嘘だ。

美穂は嘘をついている。やたら饒舌《じょうぜつ》な口調でわかる。美穂は心にないことを口にするとき、とてもおしゃべりになるのだ。

用事なんてなかったはずだ。美穂は杏里に会おうとして、わざわざ、やってきたのだ。この近くで、携帯電話を使っているにちがいない。目を閉じると、携帯電話を耳にあて、一人佇《たたず》んでいる美穂の姿が浮かんできた。

とても淋しそうだった。とても弱々しくて、寒そうだった。ぽんと背中を押したら、そのままへなへなと崩れてしまいそうだった。

「美穂ちゃん、あのね」

「ほんと、ほんと、どーってことないから。また、ガッコで会おうね。あたしもこれから、やらなくちゃいけないこととか、あるんだ。今、思い出した。宿題とか、やってないし、やばい、マジ、やばいっす。じゃあね、杏里」

「行けるよ」

受話器をさらに強く握る。指に力を込める。

「今から行くから。美穂ちゃん、どこにいるの」

美穂の息遣いが聞こえた。風の音も聞こえる。風に揺れる木々の枝の音だ。

「……いいの?」

美穂の声音がまた、すっと低くなる。さっきまでの陽気な調子はかげをひそめ、重く湿った感じになる。

この電話をかけてくるまで、美穂はどれほど迷ったのだろう。どれほど考えて、どれほど悩んだのだろう。杏里にはわからない。でも、迷って、考えて、悩んだすえに電話をかけてきてくれた。それだけは、確かだ。

「杏里、あたし……杏里に話したいこと、あるんだ」

「うん」

「杏里の家に行こうかとも思ったんだけど……でも、あたし、他人の家って苦手で、何かキンチョーしちゃって、上手くしゃべれなくなって……外の方がちゃんと話せるんだ」

美穂は杏里に、ちゃんと話そうとしている。ちゃんと話したいと思っているのだ。

「行くよ。美穂ちゃん、どこにいるの」

「水鳥《みずどり》公園」

水鳥公園にはその名のとおり、園内に翡翠《ひすい》池という美しい名の付いた池があって、たくさんの水鳥がいる。渡り鳥もいるし、住み着いている留鳥《りゅうちょう》もいる。引っ越してすぐに加奈子と散歩にいった。まだ夏が完全に終わっていないころだったから、鳥の数は少なく、園内もがらんとしていた。それでも、青い水の上にぽかりと浮いている水鳥たちがオモチャみたいで、愛らしくて、人気《ひとけ》のない広い園内も気持ちがよかった。杏里はそれから時間があると、学校からの帰り道、少し遠回りをしても公園をぶらぶら歩いたりしたものだ。

一真や久邦や美穂と水鳥たちに餌《えさ》をやったこともある。美穂が知り合いのパン屋さんから、食パンの耳を大量にもらってきて、それをみんなで投げ与えた。

カイツブリ、マガン、オシドリ、オナガガモ……一口に水鳥といっても、実にさまざまな種類がいることを杏里はこの公園で知った。久邦が意外なほど鳥に詳しく、一羽、一羽「あれは、ヒシクイ、くちばしにオレンジの紋みたいなのがついてるだろう。あっちはコガモ。地味だけどよーく見るとかわいいいんだ」と、説明してくれたのだ。

「ヒサ、あっちの黒いのはなによ？　コガモの餌を横取りしてるやつ。なんかカラスみたいだけど」

「は？　美穂、ありゃあどう見てもカラスだろうが。水辺でおれたちの投げるパンをねらってんだよ」

「やだぁ、やっぱカラスなんだ。新種の水鳥かと思った」

美穂と久邦のやりとりに声をあげて笑ったりもした。

その翡翠池の近くで待っていると美穂が告げてくる。

「けど、杏里、ほんとうにいいの。出てこられる？」

「うん。すぐに行くから、待ってて」

「……待ってる」

美穂がほっと息を吐いた。その気配が伝わる。

受話器を置いてから、祖母の部屋をそっとのぞいてみる。規則正しい寝息が聞こえた。ぐっすり寝入っているようだ。

少しの時間ならだいじょうぶかな。

ふすまを閉める。母に外出を伝えようかとも思ったけれど、仕事のじゃまになるだろうと、思いとどまった。

二、三十分ならだいじょうぶ。すぐに帰ってくればだいじょうぶ。

自分に言い聞かせて、杏里はそっと家をぬけ出した。水鳥公園までは自転車を全速力でこげば五分もかからない。門近くの駐輪場に自転車をつっこむと、杏里は翡翠池まで走った。

美穂が池に向かってパンくずを投げていた。もう冬鳥はいなかったが、アヒルやカモたちが賑《にぎ》やかに鳴きながら群がっている。

「美穂ちゃん」

声をかけると美穂は黙って、パンくずを差し出した。杏里も黙って受け取り、水鳥たちに投げる。鳴き声がひときわ、騒がしくなる。

「なんか、おもしろいよね。鳥にもいろんなやつがいてさ」

美穂がぽつりと言った。杏里はパンを投げながらうなずく。

「うん。そうだね。図々《ずうずう》しいのや、おとなしいのや」

「意地悪なのや、欲張りなのや、優しいのや、弱いのや」

「調子のいいのや、要領の悪いのや、強引なのや」

「人生いろいろ、鳥の性格もいろいろ、なんだ」

美穂と目が合う。同時にくすりと笑った。笑いをひっこめ、美穂が前を向く。

「ヒサが電話してきた。杏里に全部、しゃべっちまったぞって」

「うん」

「あいつ、けっこうシャベリだけど、口の堅いところもあるんだ。誰にでもべらべらしゃべるキャラじゃないんだよね。そのヒサがさ、『井嶋にはちゃんとしゃべってもいいなって思ったから、全部、しゃべっちまったぞ』って……謝るのかと思ったら、おれ、間違ってないと思うって、へんにいばってんの」

「うん」

「おせっかいの大バカって怒鳴ってやったけどさ……なんか、やっぱ、そうかなって……杏里にだったら、全部、しゃべっちゃってもいいかなって……ううん、どっちかつーと、ぜーんぶ聞いてもらいたいかなって……そう思った」

「うん」

美穂がパンのかけらを投げる。ゆるい弧を描いて飛んだそれを一羽のアヒルが水面すれすれで捕らえた。

「杏里、あたし、カズのことが好き。ずっと、好きだった」

「うん」

「でも、カズはあたしのこと、気の合うおさななじみとしか思ってないんだ。あたしが、どのくらいカズのこと好きなのか、考えたこと、ないんだと思う。

カズは……カズはたぶん、杏里のことが好きなんだよ。最初に出会ったときから、好きだったんだよ」

美穂がこくりと息を飲みこんだ。力いっぱい、パンくずを放った。数羽が追いかけて、素早く動く。

「あたし、ショックで寂しくて、辛くて……杏里が憎いって思ったこともある……。また、転校しちゃえって思ったりして……けど、ヒサから電話があって、杏里に全部知られたって思って、そしたら、そしたらさ」

美穂が杏里に顔を向けた。まっすぐな眼差しがぶつかってくる。

「そしたら、急にすっきりした気分になってたんだ。どうしてだろうって、自分でもびっくりしちゃった。びっくりなんだけどすっきりなんだ。あたし、それで……わかったんだ。あのさ、あたし、杏里のこと好きなんだよ。カズも好きだけど、友だちとしてさ、杏里のこととっても好きで、だから……だから、杏里がいなくなったら、友だちでなくなったら、ものすごく辛いって、思った。

もしかしたら、カズに嫌われちゃうより辛いかもしれないなって……。あたし、杏里を失いたくないんだよ」

「美穂ちゃん」

美穂がパンのふくろを放し、杏里に抱きついてきた。

「杏里は、あたしにとって一番たいせつな友だちなんだ。杏里がいてくれたから、ガッコが楽しかった。毎日が楽しかった。杏里が友だちでなくなったら、あたし、困っちゃうよ。どうしていいかわかんなくなっちゃう。たいせつな友だちなんだよ」

「美穂ちゃん」

杏里は力いっぱい美穂を抱きしめた。嬉しかった。美穂の言葉が嬉しくてたまらなかった。

美穂ちゃん、ありがとう、ありがとう。

心を伝えてくれて、ありがとう。本気で告げてくれてありがとう。

あたしも大好きだよ、美穂ちゃん。

心がふわりと温かくなる。涙がほんの少しにじんだ。

風の向きがかわる。救急車のサイレンが聞こえた。猛スピードで公園の前を過ぎていったようだ。杏里の家の方向だった。

祖母の顔が過ぎる。

え、まさか。

胸の中で、心臓が激しく鼓動を刻んだ。

5

もしかしたら、もしかしたら。

自転車のペダルをふみながら、頭の中に「もしかしたら」の一言がうずまく。

祖母の固く目を閉じた姿がうかび、いっしょになってぐるぐると回る。胸が苦しい。

もしかしたら、おばあちゃんに何かあったんじゃ。

もしかしたら、もしかしたら。

おばあちゃん、目を覚まして、あたしを呼んだんじゃないだろうか。あたしがいないから、一人で薬を飲もうとしたんじゃないだろうか。キッチンに行こうとして転んで……。

救急車のサイレンはまだ聞こえている。どんどん大きくなっている。杏里の不安もどんどんふくらんでいく。

力いっぱい自転車をこぐ。

速く、速く、もっと速く。

「あ……」

救急車が止まっていた。家の近くのマンションの前だ。近所の人たちが数人、救急車を見つめている。

「何があったの」

「マンションの前で自転車どうしがぶつかったんですって。高校生が転んで、額を切ったらしいわ」

「あらまあ、だいじょうぶなの」

「たいしたことなかったみたいよ。救急車に乗るのが恥ずかしいだなんて言ってたぐらいだから」

「それはよかった。けど、人騒がせだよねえ。だいたい、このごろの若い人って自転車の乗り方が荒すぎるわよ。危ないったらありゃしない」

「そうそう、ほんとにそうよ。わたしもこの前ね、スーパーの駐車場であやうく、大けがしそうになって……」

二人の女の人がおしゃべりを始める。救急車はまたサイレンを鳴らして遠ざかっていった。そのテールランプが曲がりかどに消えても、女の人たちはしゃべり続けている。

杏里は自転車を押しながら、その横をそっと通り過ぎた。

「杏里」

美穂が追いついてくる。息を弾ませていた。走ってきたのだ。

「美穂ちゃん、ごめんね。あたし、おばあちゃんのことが気になって。つい」

「杏里のおばあちゃん、どうかしたの？」

「あ、うん、ちょっとぐあいが悪いみたいで……」

「え？ もしかして、杏里、看病してたわけ？」

「そんなにたいしたことしてないの。ただ、母さんに様子を見ていてって言われただけで……」

家についた。自転車を止め、玄関のドアを開ける。

「美穂ちゃん、よっていくでしょ。家の中でゆっくり話、しようよ」

「杏里」

美穂が顔を上げ、杏里をまっすぐに見つめてきた。

「嫌だって、言える？」

「え？」

「あたしにさ、『嫌だ』って言える？」

「美穂ちゃん……」

美穂の手が杏里の腕をつかんだ。いつもは、くるくるとよく動く瞳が杏里に向けられたまま微動だにしない。

「あたしね、杏里にならら言えると思うんだ。嫌なときや、嫌なこと、ちゃんと『嫌だ』って言えるような気がするんだ」

美穂の目は真剣だった。こんなふうに真剣に、まっすぐに他人に見つめられたことなんて、一度もない。

「あたしね、杏里……すごく恐《こわ》くて……自分の思ったこと正直に言うの、すごく恐くて、誰にもほんとうのこと、言えないみたいな気持ちになってた」

「うん」

杏里はゆっくり、うなずいた。

よくわかる。

美穂の言っていることが、言おうとしていることがよく、わかる。

友だちの誘いや話題に『嫌』と言うのは難しい。とても、難しい。つい、臆病になってしまう。臆病になって、自分の心や意思をつい、おさえこんでしまう。杏里もそうだった。

苦い思いが胸を過ぎっていく。

「あたしさ、杏里に会う前に友だちから無視されたことがあって……知ってた？」

「うん。バーガーショップで、前畑くんから聞いた。あたしが教えてって頼んだの」

「そっか。ヒサ、そのこともしゃべったか。うん、そうなんだよね。あたしだって、相手を傷つけるってわかっていることを言っちゃいけないって、それぐらい、ちゃんと考えてるんだ。相手の心が傷つくってわかっていながら、わざと言うなんて最低だって」

美穂がつばを飲み込んだ。ふっと小さく息を吐く。

「だけど、友だちって思っていることを言い合えるから友だちでしょ。嫌なことは嫌だって言えるから友だちでしょ。『嫌だ』も言えないようなのって、おかしいよね」

もう一度大きく、杏里はうなずいた。美穂を励ますために、適当に相づちを打っているのではない。

その通りだと思うのだ。

言葉で人を傷つけてはいけない。それは暴力だ。言葉はときに、こぶしで殴るより、蹴《け》りつけるより、深い傷を相手に負わせる。

そう、言葉で人を傷つけてはいけない。でも、飲み込んでしまってもだめなんだと思う。

相手がたいせつな人なら、だいじな友人なら、なおさら、言葉を飲み込んだまま黙ってしまってはだめなのだ。

あたしは、こう思うんだ。

あたしは、そんなふうには感じないよ。

あたしは、こっちの方が好きだけどな。

あたしは、それは嫌だな。

自分の内にある感情をきちんと伝える。相手の思いをきちんと受け止める。ときにケンカもするし、言い合うこともある。だけど、そのあと、肩を並べて歩いたりできる。笑いあえる。

友だちって、そういうものだろう。

「あたし、おしゃべりだし、考え無しのとこあるし、鈍かったりするし……だから、ときどき、相手を嫌な気分にさせちゃうんだ。そういうとき、そういうとき……ちゃんと言ってほしいの。『美穂、今、すごく嫌なこと言ったよ』って。あたし、そのときは、けっこうへこむかもしれないけど、やっぱ、すっきりすると思うんだ。素直に『ごめんね』って謝れたりできる気がするんだ。こんなこと言っちゃいけないかもって、びくびくしながらいっしょにいるの……ちがうよね」

美穂が目を伏せる。

「だから、杏里にはちゃんと言ってほしい。つごうの悪いときや、気持ちの合わないときに、ちゃんと『嫌だ』って……無理して、あたしに、付き合ったりしないで」

「わかったよ」

杏里は力をこめ、そう答えた。

「だけど美穂ちゃん、あたし、今日は無理して、我慢して、美穂ちゃんに付き合ったわけじゃないよ」

美穂がうつむけていた顔を起こす。背の高い杏里を見上げてくる。

「あたし、美穂ちゃんのことが気になったから、気になってどうしようもなくなったから、水鳥公園に行ったの。無理とかじゃないよ。でも、今度、同じようなことがあったら……あたし、ちゃんと、説明するね。今、家を出られないって、ちゃんと説明するから」

美穂が笑う。口元にエクボができた。はればれとした、とてもきれいな笑顔だった。つられて、杏里も笑っていた。

「なるほどね、そういうことなんだ」

背後で声がした。ふりかえり、息を飲む。

母の加奈子が立っていた。玄関の上がり口に、腕を組んで立っている。険しい目をしていた。

「……母さん」

「ちょっと無責任じゃないの、杏里」

目つきだけではない。加奈子の口調にも尖って冷たい響きがあった。いつもとまるでちがう。怒っているのだ。

母の怒りが伝わってくる。

「おばあちゃんを放っておいてどこに消えたのかと思ったら、水鳥公園なんかに行ってたんだ。どういうつもりなの」

「おばさん」

美穂が前に出る。

「ちがうんです。あたしが、杏里を呼び出したんです。どうしても聞いてもらいたいこと、あって、あたしが」

「美穂ちゃん」

加奈子がゆっくりと美穂を呼んだ。

「杏里をかばってくれて、ありがとう。けどね、どんな理由があっても、杏里が頼まれたことを放り出して外出したのは事実なの。どうしても出かけなければならないんだったら、わたしに一言、言えばよかったのよ。杏里はそれをしなかった。何事もなかったからよかったけど、もし、おばあちゃんに何かあったら、ごめんなさいって謝っただけじゃすまなかったでしょ。杏里、もう少し、自分の行動に責任をもちなさい」

「……はい」

言い返せない。母の言うとおりだった。美穂から電話を受けたとき、もう少し丁寧に事情を説明すべきだったのだ。今、動けないから家に来てと伝えるべきだったのだ。そうすれば、美穂は訪ねてきてくれただろう。リビングに座り、ぽつぽつと語ってくれただろう。もっと、美穂を信じるべきだったのだ。自分の責任を考えるべきだったのだ。

ため息が出る。

だけど、あたしはあたしなりに一生懸命だった……。

「加奈子さん、そこまでにしといてちょうだい」

菊枝がリビングから出てきた。寝巻きの上に薄いガウンを着込んでいる。

「あんまり杏里を叱らないで。なんだか、わたしが叱られている気分になりますよ。それにね、加奈子さんはわたしに気を遣いすぎ。このくらいの熱なら、一人で寝ていれば治るんだからね」

「まぁ、でも、お義母《かあ》さん」

「家族って、気を遣いすぎるとうまくいかないもんだよ。気遣いは必要だけど、過ぎちゃだめ。もっと、自然でいいの。でないと、ぎくしゃくしちゃって、お互い、居心地悪くなるでしょ」

そこで、菊枝は軽く片目をつぶってみせた。

「もちろん、加奈子さんの優しい気持ちには感謝してるけどね」

杏里と美穂は顔を見合わせていた。

そうか、友だちも家族も同じなんだ。

自然のままに。

自然のまま互いが心地よくいられる。そんな関係が一番、すてきなんだ。

「そうかぁ、わたし、気を遣いすぎてましたか」

「あら、加奈子さん。急に力をぬかなくてもいいからね」

菊枝がぱたぱたと手を振る。そのしぐさがおかしくて、杏里は笑ってしまった。美穂も加奈子も笑い声をあげる。菊枝も笑っていた。開け放したドアから四人の笑い声が流れ出る。そして、柔らかな日差しの中にとけていった。

夏の
日差しは

1

雲がきれた。

太陽がのぞく。

とたん、暑くなる。むきだしの腕や首がちりちりと焼かれる。

まだ十時前だというのにこの暑さだ。今日も猛暑日になるのだろう。

市居一真は、翡翠池の柵にもたれかかりため息をついた。

水面が光を弾き、眩しい。

水鳥公園の中にある翡翠池には、秋の終わりから春まで、たくさんの水鳥がやってくる。

今は夏の盛り。

ぎらぎらと照りつける光の下で、池はこわいほど静まり返っている。鳥の姿はほとんどない。アヒルらしい白い鳥が二羽、池にはりだした枝の陰に浮かんでいる。それだけだ。

冬場、さまざまな鳥たちが集まり、賑やかに鳴き交わしていたのが嘘のようだった。

この冬、何度か杏里と美穂と久邦、そして一真の四人でここにきて、鳥たちに餌をやった。

「おれ、カミング・アウトします」

久邦が突然、言い出したのは今年の初め、池の縁が凍りついたまま一日とけずにいるような寒い日だった。

「なになに、どうしたの、どういうこと」

美穂が鳥に投げてやろうとつかんだパンを、そのまま握りこんだ。

「まさかヒサ、以前は女だったとか」

「あほ。幼稚園のときからいっしょだろーが。おれが、いつ女に見えたよ」

「……だよね。昔から汚い男の子だったよね」

「汚いはよけいだ。そういうんじゃなくて」

久邦がすっと声をひそめる。

「おれ、ないしょだけど鳥オタクなんだよな。あいつたち眺めてると、おもしろくて飽きねーの」

「なあんだ」

美穂はわざとらしく肩を竦めた。手の中のパンを遠くへ投げる。水鳥たちがグワッグワッと騒ぎたてる。

「カミング・アウトなんて言うから期待したのに、つまんない」

「何がつまんないんだよ。じゃあ、おまえ、何を期待したわけ」

「そりゃあ、やっぱ……実はおれの父親は鴨《かも》でしたとか、おれ、お尻に尾羽がはえてますとか、鳥がらみならそこまで告白してほしかったけど」

「あほ、尻に羽があったら、パンツはくの、大変じゃねえかよ」

杏里がふきだす。

顔を伏せ、くすくすと笑い続ける。長い髪が、笑い顔の周りでさらさらと揺れた。

一真はその横顔を見つめる。

あぁ描きたいな。

そう思った。強く揺さぶられるほど感じた。それは杏里と最初に出会ったときから、一真の中にめばえたものだ。

『1―4』。そんなプレートの下がったままの空き教室で杏里と出会ってから、一真はずっとこの少女を描きたいと思い続けていた。その思いは半分だけ叶った。杏里をモデルにした肖像画を市の展覧会に出品することができたのだ。

結果は……落選ではあったが、それほど落ち込みはしなかった。時間のない中で焦りもあり、一〇〇%自分の力を出し切ったと言い切れなかったからだ。

落胆はしなかったけれど、杏里にはすまないと思う。せっかく、モデルになってくれたのに、その魅力をちゃんと描き表せなかった。

魅力？　杏里の魅力ってなんだろう？　自分はどうしてこんなにも、この少女に惹かれるのだろう。

一真は考え、考え、考え、考え抜いた。季節はいつの間にか夏になり、翡翠池の水鳥たちは大半が遠い北の国に帰ってしまった。

ある日、一真の脳裏に、冬の日の杏里の姿がふっと浮かんだ。久邦と美穂のやりとりに笑っている杏里が、何のまえぶれもなく浮かんだ。そのとき答えに気がついた。同時に、展覧会で落選したわけもわかった。はっきりとわかった。自分の力を出し切れなかったとか、焦ってしまったとか、そんな都合のいい理由じゃない。中途半端だったのだ。杏里の魅力を中途半端にしか表現できなかったのだ。杏里の魅力、それは――。

笑顔だ。

杏里の笑顔を美しいと思う。

声を上げ笑いくずれるのではなく、意味ありげに微笑むのではなく、ひそやかに、でも、楽しげに笑っている。そんな笑顔が美しい。

だから、描きたい。

もう一度、描きたい。

だけど、自分に杏里の笑顔を描き切ることができるだろうか。この柔らかさ、この優しさ、この艶やかさをちゃんとカンバスに写し取れるだろうか。それができなかったから、この前の展覧会では落選してしまったのだ。

そうだ、そうなんだ。正確にちゃんと描くことばかりに気をとられ、自分がなぜこの少女を描きたいと望んだのか、深く考えないまま筆を動かしてしまったのだ。

あの絵の杏里には命がなかった。一真の感じた杏里がいなかった。

だとしたら、描かなくちゃ。もう一度、描かなくちゃ。

できるだろうか。同じ過ちを繰り返しはしないだろうか。悩みはするけれど、悩んだままで終われない。せっかく井嶋杏里という少女に出会えたのだ。前に進まなきゃ、もったいない。チャンスは、まだ手の中に残っているのだ。

来年の展覧会に挑戦する。今度はゆっくりと時間をかけて、カンバスに杏里の笑顔を描くのだ。

そのときから、一真は猛烈にスケッチを始めた。

杏里にすわってもらい、あらゆる方向からデッサンした。笑った顔だけではない。生真面目に口を引き締めたもの、美穂としゃべっているときのもの、困ったように目を伏せているもの、あらゆる表情を描きとめていったのだ。

「カズ、おまえ、一つ間違えばストーカーちゃんだね」

久邦が半ば冗談っぽく言った。一真の部屋で何冊ものスケッチブックに目を通しながら、呆れたようにため息をついた後だ。

「まぁ、こんなに一生懸命になっちゃって。だいじょうぶかよ」

一真はあいまいにうなずいた。自分でもずいぶん、のめりこんでいるなと感づいている。杏里は何も言わずモデルになってくれているけれど、内心では迷惑がっているかもしれない。一真にうんざりしているかもしれない。

でも、描きたい。

杏里がどう思っていようと構わない。どう思われても構わない。このごろ、一真はそこまで思いきっていた。

そして昨日、カンバスに下絵を描いてみた。描けるかもしれない。そんな気がして、手が自然に動いたのだ。展覧会まではまだ時間的余裕があるけれど、『描けるかもしれない』、そんな自分の心に素直に従おうとしたのだ。

心のままに。心のままに。誰に命じられるのでもなく、指示されるのでもなく、自分の心だけを主としてカンバスに向かい合う。

至福の時間だった。

杏里の顔の輪郭だけを描いた。背景はやはり、一年四組、あの教室から見える風景にするつもりだ。

至福の時間は、これからも続く。一真は信じていた。

それが、今朝、こなごなに砕けた。引き千切《ちぎ》られた。

「ばかもの、いいかげんにしろ」

父の怒声が耳に響く。

今朝、朝食を終え、部屋に戻った一真はその場に立ち竦んだ。

父が立っていたのだ。

イーゼルに立てかけられたカンバスを前にして、恐ろしいほど顔をゆがめていた。足元にスケッチブックが散乱していた。

「父さん、おれの部屋で何を」

してるんだと言いかけて、一真は息を飲みこんだ。父の手にナイフが握られていたからだ。ペーパーナイフの刃がきらめく。それは、まっすぐにカンバスに突き立てられた。

杏里が悲鳴をあげた。ここにいるはずのない杏里の悲鳴を確かに聞いた。いや、一真自身が叫んだのだ。

「何してるんだ。やめろ」

叫びながら父にぶつかっていく。父はよろめきイーゼルにぶつかる。斜めに裂かれたカンバスが倒れた。一真はさらに叫び声をあげる。

「絵が、おれの絵が！」

父をにらみ、一真は叫び続けた。

「何で、何でこんなことをするんだ！　ふざけるな」

「ふざけているのはどっちだ。こんな絵ばかり描いていて、どうする。おまえは何を考えてるんだ」

「絵を描いちゃ悪いのかよ」

「おまえはもう中二だぞ。こんな遊びにうつつを抜かしているヒマはないだろうが」

「遊びじゃない、本気だ」

「なに」

「おれは画家になるんだ。一生、絵を描いていくんだ」

「ばかもの、いいかげんにしろ」

怒声とともに頬を打たれた。容赦ない、激しい打ち方だった。

「許さんぞ。絶対、許さんぞ。画家なんて……絶対に許さんからな」

父の唇がわなわなと震える。

「なんでだ、なんでだよう。なんでそこまで憎むんだ」

憎むと口にして、一真は目を見張った。

父は絵を憎んでいるのか。

「うるさい。ともかく、許さん。ここにある道具は全て捨てろ。燃やしてしまえ」

「いやだ」

「できないなら出て行け」

一真はスケッチブックを抱えると、そのまま部屋を飛び出した。母が名前を呼ぶ。振り返らない。

気がつくと翡翠池のそばにいた。柵にもたれ、ぼんやりと水面を眺めている。ため息が出た。打たれた頬が鈍く痛む。

なぜ、あそこまで憎むんだ。

父の心の内が理解できない。

ふざけんなよ、ふざけんなよ、ちくしょう。

無残なカンバスが思い出される。泣きそうになった。父への怒りがわきあがる。この水面のようにぎらつく。

ちくしょう。

「あれ、市居くん」

優しい声がした。振り向くと、杏里が立っていた。いぶかしげに首を傾け、一真を見ていた。

2

「市居くん……」

杏里が小さく息を吸い込んだ。

「どうしたの？　なにか、あった？」

杏里の目が瞬く。一真はあわてて、首を横に振った。

「いや、別に、何にもないけどさ。ちょっとむしゃくしゃすることがあったんで鳥を見に来ただけで」

「鳥を……」

杏里の視線が横に動き、翡翠池の上に向けられた。一真の頬がかっと熱くなる。おそらく、赤くそまっているだろう。

池には鳥の姿は一羽もなかった。さっきまで木陰にいたはずの二羽のアヒルもいつの間にか消えていた。もっと涼しい場所に移動したのだろうか。夏のぎらつく光の下で池は静まりかえり、鳥どころか魚の影さえ見当たらなかった。動くものは何もない。

自分のいいかげんなごまかしが恥ずかしい。一番嘘をつきたくない相手に下《へ》手《た》な嘘をついてしまったことも恥ずかしい。

おれって、最低じゃないかよ。

胸の内で自分にどくづく。

「市居くん、甘い物ってきらい？」

視線を一真に戻し、杏里が尋ねてくる。突然の問いかけに、一真は少し戸惑った。

「甘い物？　いや、きらいじゃないけど。むしろ、好きな方かな」

「ほんと、よかったぁ。じゃあ、これから家に来ない？」

「え？　井嶋の家に？」

「うん。うちの母親がね今、フルーツゼリーを作ってるの。一年に一度か二度、突然、お菓子作りに目覚めちゃう人なんだ、うちの母親って。この前はチーズケーキとぜんざいだったかな。今回は夏だからゼリーになったみたいだけど」

「へぇ、いい趣味じゃないかよ」

「まあね。突然、大掃除とか始められるよりずっといいかも。だけど、作る量がハンパじゃなくて、大変なの。この前なんかあたし、三日間ずっとチーズケーキとぜんざいを食べ続けたんだもの」

「三日間かぁ。そりゃあちょっときついな」

「でしょ。いまだに夢に出てくるほどなの」

杏里が声をあげて笑った。澄んだ美しい声だった。一真も笑っていた。心が軽くなる。

父への怒りも、自分への恥ずかしさも、嘘をついた後ろめたさも少しだが軽くなる。杏里と一言、二言を交わしただけで、笑い声を聞いただけで、軽くなっていく。たわいない会話なのに、いつも耳にしている声なのに、張り詰めていた心をふっと緩めてくれる。新鮮な空気が胸いっぱいに広がるような感覚がする。

不思議だ。

「今回も、なんかすごい量になりそうで。ほら、追加の材料を買いにいかされたところなの」

買い物用なのか、片隅にヒマワリの刺繍《ししゅう》がしてある袋を杏里は目の高さまで持ち上げてみせた。さまざまな形の品物が入っているのか底がでこぼこになっている。

「もしよかったら、市居くんも協力してくれないかな」

「協力?　お菓子作りのか?」

杏里が微笑んだまま手を振った。

「ちがう、ちがう。作るのは母親だけなの。手伝ったりしたら怒られちゃうのよ。お菓子作りはストレス解消の一つなんだって。一人でいっぱい作って、よしやったって思うと、ストレスが吹っ飛ぶんだって言ってた」

「へぇ、そんなもんかな」

「そんなものみたい。大人心ってわからないよね」

くすくすと肩を揺らせ笑った後、杏里はだからねと続けた。

「だからね、市居くんに手伝ってほしいのは食べる方なの。この前と同じように、三日間もフルーツゼリーを食べ続けなきゃいけなくなったら悲劇でしょ」

「あぁ、なるほどな」

「協力してくれる?」

一真は返事に詰まった。杏里の申し出は魅力的だった。フルーツゼリーはともかく、薄れたとはいえやはり割り切れない、やりきれない父への憤懣《ふんまん》をいだいて真夏の街をうろつくのは辛い。杏里の傍でとりとめのない、けれど心弾む会話をかわし、笑いあえるのならどれほど救われる心持ちがするだろう。どれほど楽しいだろう。そう感じる一方で、一人でいたいという思いもまた一真の中でうごめいていた。

一人でいたい。誰にもじゃまされず、自分の感情を見つめていたい。これからどうするのか、どうしたいのか、自分の心の内にあるものを考えてみたい。

そう願う自分がいるのだ。そして、もう一つ。杏里に甘えてはだめだと思う。

杏里が声をかけ、誘ってくれたのは、一真の様子にいつもと違う何かを感じたからだろう。池を眺めながら険しい横顔をしていたのだろうか。思いつめた眼差しをしていたのだろうか。知らぬ間に、ため息をついていたのかもしれない。

一真には父の怒りがまるで理解できなかった。今経営している会社を一代で築き上げた父、一成は地元の経済界では名を知られた実業家だった。いささか強引なところはあるけれど、ワンマンではない。周りの話をきちんと聞き、対処できるだけの力があった。だからこそ、まだ四十代の若さで会社を立ち上げ、成功した……と言われている。

一真には実業家、経営者としての市居一成の力量を量ることはできないが、父親としての姿は見えている。

やはり少し強引な面がありながらも、家族を何より大切にし慈しむ人だった。渓流での釣り、川原でのキャッチボール、ドライブ、家族旅行、海水浴、父との思い出は数限りなくある。それほど勉強や成績にこだわるわけでも、口うるさく干渉してくるわけでもない。涙もろいところもあり、母の祥子に言わせると「子どもみたいに無邪気」な一面もある。

その父が絵のことに関しては一変してしまう。一真が物心ついたときからそうだった。

絵がきらいなのだ。描くことも鑑賞することも、いやがっていた。家には絵画らしいものは一枚もなく、玄関には夕暮れの海の、応接間にはやはり海に浮かぶ小島の風景写真がそれぞれに飾られているだけだ。

「どれもこれも偽物っぽくて絵なんてものはつまらんよな。写真の方がずっと

リアルでいいじゃないか

いつだったか父が母にそう言うのを聞いた記憶がある。母が困ったように顔をゆがめたのも覚えている。

一真は、絵が好きだった。絵を描くことが楽しくて、嬉しくてたまらなかった。画用紙はもちろん、カレンダーの裏でも広告チラシの裏でも白い紙があると勝手に手が動く。紙と筆記用具があれば、他のおもちゃは何もいらなかった。

一生、絵を描いていたい。

いつの間にか本気でそう思うようになっていた。プロになれなくても、それで食べていけなくても、一生、絵を描くことにたずさわっていたい。絵を描くことから離れたくない。その思いは今も、胸の内にある。少しも色あせてはいない。しぼんではいない。むしろ、強まっていた。杏里に出会って、この人を描きたい。そう感じた相手に生まれて初めて出会って、一真の気持ちはさらに強く揺るがないものへと育っていったのだ。

カンバスの上に想いを込めて描ける。自分の筆で一人の少女が白い画布に現れるのだ。

なんと、すばらしい快感だろう。目がくらむような感動だろう。

一生、絵を描いていたい。

絵を描くことから離れたくない。

「ばかもの、いいかげんにしろ」

怒声がまたよみがえってくる。

「許さんぞ。絶対、許さんぞ。画家なんて……絶対に許さんからな」

身体を震わし怒鳴った父の声が響く。

「市居くん?」

杏里がのぞきこんできた。大きな黒い瞳が一真をまっすぐに見ている。この眼差しに惹かれた。とても優しいのに、強くてしなやかだ。この眼差しまで描きたいと心底、望んだ。

「今日は遠慮しとく」

一真はほんの少し、杏里に笑いかけてみた。

甘えたくない。

杏里の家に行き、手作りのゼリーをごちそうになり、父とのいさかいの話をする。杏里は黙って聞いてくれるだろう。よけいな口ははさまず、静かに耳を傾けてくれるはずだ。そうすれば楽になれる。さっき、感じた軽さ、解放感をもっと深めることができる。

けれどそれは甘えだ。

杏里に甘え、寄りかかり、憂さ晴らしをしたくなかった。愚痴や弱音を聞かれたくなかった。

それが一真の若いプライドだった。

「市居くん、あの」

「なんか心配してもらって、感謝。だけど、ほんとなーんもないんだ。井嶋が気を遣うようなこと、なーんもないんだって」

「気を遣うなんて」

杏里が口元をひきしめる。一真は両手を空へと伸ばした。真っ青な夏空だ。手のひらが青く染まりそうなほど濃い。

「今日も暑くなりそうだな」

「うん」

「井嶋はプールとか行かないのか」

「行きたいけど……」

「じゃっ、久邦や美穂も誘って市営プールに行こうか」

「ほんとに？　行きたい。行こうよ。あたし、美穂ちゃんに連絡してみる。きっと喜ぶよ」

「じゃあ、おれは久邦を呼び出すか。午後一時、ここに集合」

杏里がうなずく。一真はじゃあなと手を振った。杏里に背を向け歩きながら、小さく息を吐いてみる。

身体の奥から力がわいてきた。父への怒りも戸惑いも消えたわけではないけれど、心は落ち着いていた。ほんの数分、杏里と話をしただけなのに心は定まり、それが力となっている。

親父がどう言おうと、おれは描くことを止めない。おれは、井嶋杏里をきちんと描きたいんだ。

高揚する気持ちを抑えるように、足早に歩く。

その足が止まった。

公園の出入り口に母が立っていた。

「やっぱり、ここにいたのね」

母は、さっきの一真と同じように小さな吐息をもらした。

「お父さんのことで、あなたに伝えておきたいことがあって……」

母はもう一度、息を吐いた。

3

水しぶきが散る。

歓声があがる。

晴れ上がった空がきれいだ。

市営プールは思っていたより空いていて、一真たちの他には数えるほどの客しかいなかった。それでも、ぎらつく太陽と青空と水、そして夏は最高の組み合わせらしく、プールは楽しげな声や笑いや水音に満ちていた。

一真は全身の力を抜き、水面にぽかりと浮いてみる。そっと目を開ける。驚くほど空が近い。手を伸ばせば届く近さだ。そんな錯覚さえ覚えてしまう。

自分が小さな雲になり、どこまでも風に運ばれていくような感覚もまた、味わっていた。それはどこか頼りなげで不安ではあるけれど、あらゆるものから解き放たれ、心のままに浮遊しているような心地よさでもあった。

空の中の小さな雲。風の中の一枚の葉っぱ。

淋しいけれど、とても自由だ。

一真は身体を起こし、プールの底に足をつけた。ふっと陥った感傷的な気分が恥ずかしい。

「前畑選手、いよいよ登場です。ジャジャジャジャーン」

前畑久邦の声が響いた。

「ヒサ、ちゃんと集中してよ。マジで怖いんだから」

里館美穂が久邦に負けない大声を出す。美穂と杏里は、水面に浮かべた大きめの浮輪を両端で押さえていた。久邦はプールの縁から真ん中の穴めがけて、飛び込むつもりらしい。

「絶対、ぶつかったりしないよね」

花柄の水着を着けた美穂が伸びあがるようにして、久邦を見ている。真顔だった。けっこう本気で怖がっているのだ。

「だいじょうぶ。だいじょうぶ。見事、穴の中にストライク！　だからよ。おれの抜群の運動神経、見せたるで」

「ほんとに、だいじょうぶ？　ぶつかってケガでもしたら、しっかり賠償責任はたしてもらうからね」

「うへっ、どうしたんだよ、美穂。えらい難しい言葉、知ってんじゃん。将来、弁護士希望かよ」

「それもいいね。ヒサが何かやばいことして捕まったら、格安の料金で弁護、引き受けてあげる」

「格安ってどのくらいよ？」

「まぁ、そうだね。十パーセントOFF《オフ》ってとこかな」

「それ、ケチくねえか。せめて半額にしてくれよ」

「あまえんじゃないの。なんだったら、警官になって捕まえる側に回っちゃってもいいけど」

「どっちにしても、おれ、捕まるわけね。やっぱ、おまえはモテすぎるぞ罪ってやつかな。辛いよなぁ、モテ男」

「ばっかじゃないの。ほんと、どーにもならないね、この子は」

美穂が肩を竦める。杏里が小さく噴き出した。

水面が光を弾き、杏里の笑顔を照らし出す。下からスポットライトを当てたようだ。小さな白い顔が光に包まれる。

あぁ、描きたいな。

熱のような感情が胸の内でうねる。

この笑顔を描きたい。この横顔を描きたい。この眼差しを描きたい。いくつもの『描きたい』があふれだしてくる。

どうしてだろう。なぜなんだろう。

自分のものでありながら、一真にはこの熱を帯びた感情が理解できなかった。

まるで、わからない。

もしかして、おれ、井嶋さんのことを好きなんだろうか。

そう考えたこともある。井嶋杏里という少女を異性として、愛してしまったのだろうか、と。

そうかもしれない。杏里といると胸が弾む。心が浮き立ち、柔らかな気分になれる。ずっといっしょにいたいと思う。いっしょに歩き、同じ風景を見ていたいと願う。

それが恋ってやつじゃないか。おまえは、井嶋に恋してるんだよ。誰かに、はっきり言い渡されたら、あぁそうかと納得するかもしれない。恋という一言が、この胸の想いに一番近いかもしれない。

けれど……。

それだけじゃないのだ。好きだとか恋をしているとか、そんなありふれた言葉で説明できるものではないのだ。

杏里といっしょにいたいし、歩きたいし、話をしていたい。それは真実で、偽りは一部もなかった。

けれど……。

描きたいのだ。

杏里を描きたい。

一真を支配している最も強い想いだった。その想いの前には他のどんな情も薄れ、色あせ、しぼみ、縮んでいく。

なんで、ここまで描くことにこだわるのだろう。怖いほどだ。

「やはり、おじいちゃんの血をひいているのかしらね」

母の祥子がため息をついたあと、そうささやいた。

二時間ほど前のことだ。水鳥公園近くに全国チェーンのファーストフード店がある。二時間前、店内の一隅で母と向かい合っていた。

「やはり、おじいちゃんの血をひいているのかしらね」

絵を描くという道を選びたい。息子の決意を聞いて、祥子はため息をつき、独り言のようにささやいたのだ。

「おじいちゃん?」

母親と向かい合ってジュースを飲んでいるなんて、十四歳の身には気恥ずかしすぎる。席に着いてからずっとうつむきかげんだった顔を上げ、一真は母を見つめた。

「おじいちゃんって、おれのおじいちゃん?」

祥子がうなずく。ストローでアイスコーヒーをかき回し、もう一度ため息をついた。

「そうよ。お父さんのお父さん」

「親父の!」

驚いた。父、一成は高校生のとき父親と、二十歳を過ぎたころ母親と死に別れた。そればかりか、たった一人の兄も一真が生まれて間もなくのころ、故郷の街で病死したのだ。だから、文字通り天涯孤独な身の上だった。

「家族と呼べるのは、おまえたちだけだ」

珍しく酔っぱらった一成が一真と祥子を前にして語ったことがある。これも珍しく、ほろりと湿った口調だった。

一成の父、一真の祖父にあたる人は繊維関係の会社に勤めていたが、出張先で事故に遭い亡くなった。

一真が祖父について知っているのはそれくらいだった。顔も知らない。写真が一枚もないのだ。祖母の写真は何枚かあって、和服姿で微笑んでいる一枚は真鍮《しんちゅう》の写真立てに入れられ、リビングに飾られていた。面長の顔立ちの、淋しげだけれどきれいな人だった。

生まれた時にはすでに、祖父も祖母もいなかったのだから、祖父の写真がないことにそれほどの違和感はない。もっと、正直に言ってしまえば、若い一真にとって、何十年も前に亡くなった人たちなど、ほとんど関心の対象にならなかったのだ。しかし……。

「おじいちゃんって、画家だったわけ?」

「ええ。それほど有名じゃないけれど……有名になる前に亡くなったみたい」

母の方に身を乗り出す。気恥ずかしさなど吹っ飛んでいた。

「ちゃんと話してよ。もしかして、親父が絵を描くことをあんなに嫌うのは、おじいちゃんと関係があるわけ?」

「そうよ。だから、あんたにちゃんと話をしとかなきゃって思ったの。お父さんは絶対にしゃべるなって言うけれど、このままじゃ、一真ももやもやしたまま、どうしていいかわからないものね」

三度目のため息をつき、祥子は話を続けた。

「おじいちゃんは最初は普通のサラリーマンだったけれど、昔からの夢だった画家の道を諦《あきら》めきれないで、会社を退職してしまったの。それで、各地を放浪しながら絵を描くようになって……。つまり、奥さんと子ども、おばあちゃんとお父さんや伯父《おじ》さんのことね……家族を残して家を出てしまったの。お父さんがまだ小学生のときだったんですって。それからは、おばあちゃんが苦労して、苦労して、二人の息子を育てたの。おじいちゃんは、時々、ふらりと帰ってきてはしばらく家にいるんだけれど、また、ふらりと出て行っては何か月も帰ってこない。その繰り返しだったんですって。そして、お父さんが高校に入学した春、北海道の小さな町の病院で息を引き取ったそうよ。事故だったらしいわ。荷物の中に家族全員で写っている写真と住所を記したメモ帳があって、それで……警察の人が家族と連絡をとれたの。おばあちゃん、北海道まで遺体を引き取りにいったそうよ。お父さんは『あんなやつ父親じゃない。引き取りに行く必要ないだろう』って言ったけれど、おばあちゃんはね、『あの人は絵を描くことに魅入られてしまった、かわいそうな人なんだ』と答えたそうよ。お父さんね、おじいちゃんが家に帰っていたとき、尋ねたことがあるんだって。

どうして、家族を捨ててまで絵を描くんだって」

祥子がひどく悲しげな目で一真を見やった。今にも泣きそうな表情だった。

「おじいちゃん、どう答えたんだ?」

「しかたないって。自分ではどうしようもないんだって。描きたくて描きたくてたまらない。自分の中に鬼がすんでいて、描け描けと騒ぎ立てているようなんだ。おまえたちには本当に申し訳ない。けれど、どうしようもないんだよ、一成。泣きながらそう言ったって。それから数日後におじいちゃん、また、家を出て行って北海道に渡り、そのまま……。おばあちゃんもそれから四年後に亡くなったの。働きづめに働きとおした、その疲れが身体を蝕《むしば》んでいたのね。まだ五十になるかならないかという歳なのに、髪は真っ白になっていたそうよ。もちろん、お父さんや伯父さんの苦労も並大抵ではなかったけれど……一真、あなたが心を惹かれた花火の絵ね。あれ、おじいちゃんの作品よ」

「えっ?」

漆黒の空に鮮やかに咲いた火の花。あれは祖父のものだったのか。

「おばあちゃんが一枚だけ大切に取っておいたものなの。天井裏の物置にしまっておいたんだけど、あなた、そこで見つけたのね」

「今も……あるの？」

「たぶん、あると思う。捨てないでくれっておばあちゃんの遺言だったらしいから。一真、お父さんね。あなたが絵に夢中になるのが怖いのよ。おじいちゃんみたいになるんじゃないかって怖いのよ。お父さんの気持ち、わかってあげてよ」

今度は祥子がうつむく。うつむいて、長い息を吐き出した。

水音がした。

我に返る。

久邦が見事に浮輪の穴に飛び込んでいた。

「おーっ、すごいすごい。ヒサ、特技じゃん」

「ほんとに、すごい」

美穂と杏里が拍手をしている。二人とも水しぶきを浴びて、びしょびしょになっていた。

杏里が笑っている。陽光がまぶしい。水がきらめく。

この風景を描きたい。カンバスの上に思いっきり描きたい。

祖父のこと、父のこと。「お父さんの気持ち、わかってあげてよ」。頭の中でさまざまなものが、うずまく。目眩がしそうだ。

杏里が一真に顔を向けた。視線がからむ。

描きたいのだ。この少女を描きたいのだ。

「おれ、どうすればいいんだ」

思わずもらしたつぶやきが、青い空に吸い込まれていく。

4

二階の奥の部屋は板ばりの物置になっていた。物置といってもかなりの広さがある。

大小の紙箱、布袋、一真が赤ん坊のころ使っていたベビーベッド、小学生の時のランドセル、置物、丸めたじゅうたん……。大きさも形もまちまちな品物があるものは積み上げられ、あるものは棚にきちんと納められていた。

その棚の後ろに、階段がある。

階段といっても、はしごを少し上等にしただけのもので、手すりなどはない。天井にくっついているように見える。

一真は旧式の鍵を手に階段を上った。天井に小さな鍵穴がついている。そこに、鍵を差し込むとカチッと微かな音がした。両手で天井を押し上げる。わりに楽に動いた。

子どもの時、この隠しドアと屋根裏の一室を発見したときには興奮した。未知の世界、異世界へと通じる階段であり、ドアだと感じたのだ。子どもなら、たいていは興奮するだろう。

あの時は、鍵がかかっていなかったのだろうか。数人の友人と騒ぎながら屋根裏部屋に上がり込んだ記憶がある。

そのときと同じように、屋根裏に入り込む。今日は、そっと足音を忍ばせて。

部屋はうっすらと明るい。たった一つだが、明かりとりの小さな窓が設《しつら》えてあった。そこから夏の日差しが注ぎ、ぼんやりとだが室内を照らしている。

確か、このあたりにあったはずだ。

おぼろげな記憶を頼りに壁に指をはわす。指先に電灯のスイッチが触れた。触れたけれど、いくら押しても明かりはつかない。電球が切れているのだ。

一真は額の汗をふいた。

閉め切った部屋は暑く、ほこりっぽい。どことなく、あの空き教室、一年四組の教室と似ている。でも、一年四組にはグラウンドを見渡せる大きな窓がついていた。その窓から風が吹き込んでいた。杏里と出逢ったからよけいにそう感じるのかもしれないが、物置場として使われているにもかかわらず、開放的で明るく、窓辺から外を見回すだけで、心が落ち着いた。

この部屋は閉じられている。誰も入れないように閉じている。「封印」という古めかしい言葉が、ふっと浮かんだりした。

ここで、あの花火の絵を見たのか。

記憶はなかった。友人たちと上がり込み、「秘密基地だ」と騒いで、騒ぎすぎて、母に見つかり、怒られた記憶は残っている。

花火の絵は……。

一真は窓からの光を頼りに、壁際に近寄って行った。ほこりの臭《にお》いがますます強くなる。

クシャミが出た。一つ、二つ、三つ、止まらない。

右手で鼻を押さえ、息を三回吐き出す。

ふっ、ふっ、ふっ。

クシャミを止めるお呪いだ。定かではないが、たぶん、祖母から教わったのだと思う。杏里も知っていた。

それが杏里としゃべるきっかけになってくれたのだ。

祖母は母の母にあたる人で、一真が中学に入学する直前に急な病で亡くなった。一真は祖母が好きだった。おそらく、杏里もそうなのだろう。いっしょに暮らしている「おばあちゃん」のことが、たまに話に出てくる。

そういえば、親父……ばあちゃんには優しかったな。

祖母は意識不明の状態で病院に搬送され、ちょうど一週間後に亡くなったのだが、その間、一成は一日も欠かさず病院に通ったのだ。そして、葬式では、実の娘である祥子よりも落胆していた。

父は義母である祖母を、苦労のすえにまだ五十歳になるかならずの若さで亡くなったという実の母に重ねて、たいせつにしていたのかもしれない。

壁際には、古い家具が並んでいた。取っ手のとれたタンス、ほこりをかぶった箱形のテレビ、脚の取れた小さなちゃぶ台。

どれも傷んで、ぼろぼろになっている。今では、古道具屋でしかお目にかかれないような代物だ。

「屋根裏部屋には、おばあちゃんの遺品が置いてあるわ。その中に、おじいちゃんの絵があるはずよ」

鍵を手渡しながら、祥子が言った。

「あの花火の絵が……」

「そう。あの絵ね。おばあちゃんもとても気に入っていたんですって。この絵だけは保管して欲しいって、何度もお父さんに頼んだそうよ。お父さん、仕方なく、おばあちゃんの遺品といっしょに屋根裏にしまい込んだの。まさか、あんたが見つけるなんて。見つけて、心を惹かれるなんてねえ……」

祥子はそこで深いため息を吐いた。

「こういうことって……、何て言うんだろう、運命？　そう、運命ってほんとうに、あるのかしらね」

祥子は考えるように、しばらく目を伏せた。それから、顔を上げ一真の肩を手のひらで叩いた。

「運命か、そうでないのか、あんたの目で確かめてきなさい」

うなずいて、鍵を握りしめた。そして、今、ここにいる。

どこにあるのだろう。あの絵は。

薄暗い室内に視線を巡らせる。目を凝らす。

タンスの後ろに白い布の包みが見えた。四角い大きな包みだ。一真は近寄り、そっと引き出してみる。

白布で梱包されたカンバスだ。

手触りでわかる。五十号のカンバスだ。

布で巻かれ、荷造り用のロープが十文字に掛けられている。いかにもおざなりな梱包のしかただった。

親父の絵なんて、見るのも嫌だ。

一成のつぶやきが聞こえる気がした。

ロープをほどき、布を取り去る。

「あ……」

息を飲みこんでいた。心臓が鼓動を打つ。その音が耳に響いた。

どくん。どくん。どくん。

花火の絵だった。

夜空を背景に無数の花火が開いている。あるものは丸く、あるものはしだれ柳のように、あるものは噴水に似た形で。

花火と空より他のものは何も描かれていなかった。人も建物も木々も岩も、何一つない。花火だけしかない。

紅《あか》、橙《だいだい》、臙脂《えんじ》、黄色、金色、碧《みどり》、青……そして、言葉では表せない無数の色が五十号のカンバスいっぱいに広がっている。

迫力があった。美しいとか上手いとかではない。見る者を圧倒するような迫力があった。花火一つ一つに生命があって、その生命をせいいっぱい、見せつけているようだ。

大きな力、大きな何かが、こちらにぐいぐいと迫って来る。

これは祖父の執念だろうか。一瞬のうちに消えてしまう花火をカンバスに永遠に留《とど》めようとする執念だろうか。

一瞬を永遠にしてしまう。

祖父はそんな執念に突き動かされて、この絵を描いたのだろうか。

わからない。考えてわかることではないのだ。

どんな人だったんだろう。

家族も家庭もすてるほど絵にとりつかれた祖父とは、どんな人だったのだろうか。

汗が滴り落ちる。

身体中を汗で濡らし、一真は祖父の遺《のこ》したカンバスの前に立ち尽くしていた。


「へぇ、おまえのじいさん、そんなすげえ人だったのか」

久邦がペットボトルの水を飲みほし、口元をぬぐう。

「すげえかどうかわからないけどな」

「その花火の絵、見てみたいな」

美穂が空を見上げる。

一真、久邦、美穂、そして、杏里。四人は水鳥公園の雑木林の中にいた。杏里と美穂はベンチにこしかけ、一真と久邦はブナの根本に座っている。今日も朝から太陽がぎらつき、最高気温は三十五度近くまで上がるらしい。けれど、雑木林の中はひやりと冷たい。池の水面を渡った風がそのまま吹き込んでくる。久邦曰《いわ》く「無料の天然休憩室」だった。

杏里がオレンジジュースの缶を握り、身を乗り出してきた。

「お父さんは、市居くんが屋根裏部屋に上がったこと、知ってるの」

「ああ、知ってる。というか、おれが親父に話した」

「自分から話したんだ」

「うん」

「お父さん、なんて？」

「うん……」

夜、仕事から帰ってきた父と向かい合った。屋根裏部屋に上がり、祖父の作品を見たこと、圧倒されたこと、自分もまた絵の道に進みたいと思っていること。全てを隠さず話した。そして、最後に一番大事なことを伝えた。

「おれ、じいちゃんの絵に圧倒された。最初に見た時もガキだったけど、ガキなりにすごい衝撃を受けたんだと思う。それは事実なんだけど、でも……何というか、わかったんだ。おれの描きたいものとは全然、違うんだって。どこが違うかうまく説明できないけど、おれは、じいちゃんを追いかけるんじゃなくて、おれの描きたいものを描いていきたいんだ。じいちゃんのように急がない。ゆっくりと自分が選んだ道を進みたいって、そう思っている。父さん、おれ、自分で選びたいんだ」

一成は黙っていた。黙ったまま、息子を見つめている。

「あなた、お願い。一真の言うことを」

「おまえは口をはさむな」

祥子の言葉をぴしゃりと遮って、一成はもう一度、息子を見つめた。

「描きたいものが、あるわけか」

「うん、ある。人物なんだけど、どうしても描きたい人がいるんだ」

「自分で選んだ道をなんて、そんなに甘いものじゃないぞ。いつまでも夢だけじゃ生きていけない。現実は厳しい。おまえが思っている何十倍もな」

わかっているとは答えられなかった。現実の過酷さも非情さも、何一つ知らないのだ。でも、描きたかった。描くことを諦めたくはなかった。諦めるつもりもなかった。

「好きにしろ」

一成が立ち上がる。ふいっと横を向いた。

「そのかわり、自分で道を選んだのなら泣き言は言うな。失敗しても挫折《ざせつ》しても、誰かのせいにはできんのだ」

今度は答えられた。

「わかってる」

杏里がふっと身体の力をぬいた。

「すごいね、市居くん。お父さんにちゃんと伝えられたんだ」

「ちゃんとかどうかは、わかんないけどな」

「伝えようとしただけで、すごいよ」

「どうかな」

久邦が真顔で言った。

「まだ始まったばっかだぜ。すごいかすごくないか、何もかも、これからだよな、一真」

「おっ、ヒサ、今日はやけにクールじゃん」

美穂がにやりと笑う。

「けど、その台詞、何かのドラマで聞いたことあるんだけど」

「いてっ。ばれちゃった。いてててて」

久邦が頭を抱える。杏里と美穂の笑い声が重なった。一真も笑う。

そうだ。まだ、始まったばかりだ。何もかもこれからだ。
一真は顎を上げ、深く息を吸い込んだ。

新しい年に

1

空は青い。そして、澄んで美しい。青い板ガラスをぴたりとはめ込んだように見える。今朝はとても寒くて、ぴっしりと霜《しも》がおりていた。でも、今は、柔らかな日の光が地に注いでいる。

新春。新年を言祝《ことほ》ぐ意味でそう呼ぶけれど、本当は冬の真っ盛りだ。

冬の日差しって、こんなに優しいときもあるんだ、な。

杏里は手のひらを淡々と照らす光に、そっと目を細めた。

「よっしゃあ、やるぞ」

久邦が勢いよく肩を回す。

「おれのコントロールのすごさに、驚くなよ」

美穂が思いっきり顔をしかめた。それから、わざとらしくため息をつき、かぶりを振る。

「ヒサ、あんたって、ほんとどうしようもないアホだね。お賽銭《さいせん》投げるのに、コントロール関係ないでしょ。しかもさ、『よっしゃあ』なんて気合い入れる必要があるわけ」

「あるだろ。外したらたいへんだ。もったいないし、験《げん》が悪いじゃねえかよ」

「この距離でどうやったら外せるのよ。幼稚園児でも入れられるじゃん。どうせお賽銭、百円しかしないんでしょ。ぎゃあぎゃあ騒がないで、ぽいっと投げちゃいなよ」

「百円だと？　美穂、おれをなめんなよ」

「え？　まさか、ヒサ、五百円玉を投げるつもりなの」

今度は久邦がゆっくりと頭を横に振った。

「いいや、そんなもんじゃない」

「うっそーっ。千円？　お札じゃん。どうしちゃったのよ、ヒサ。そんなにお年玉、たっぷりもらえたわけ？」

「うんにゃ、十円」

「はぁ？」

「不況のせいかねえ。今年のお年玉は前年比三十パーセントダウンなんだよな。いてぇよな、これ。ほんと、深刻なジョーキョウでさ。歳出削減に、これ努めねば、おれの財政状態はたいへんなことになるわけよ。ほんと、新年早々とほほだよな」

「それで、お賽銭をけちってるわけか」

「そう。この神社の神さまとおれは、宮参りのときからの付き合いだからさ。たぶん、わかってくれると思うぜ。十円で、たっぷり願い事を叶えてくれるはずですよ。年始の大サービス願い事十円均一セール、なんちゃって」

「もう、マジでいいかげんにしてよね。あんた、そのうちとんでもない天罰がくだるんだから。覚悟しといたほうがいいよ」

「なんだよ、とんでもない天罰って。どんなのだよ？」

美穂は久邦を見上げ、にやりと笑った。

「あのね、明日の朝、目が覚めたら……鼻のてっぺんに十円玉がはりついて、とれなくなってるの」

「ぐわーっ、なんちゅう怖ろしいことを。まだ貯金箱に変身してた方がましじゃんかよ」

杏里はこらえきれず、笑い声をあげた。

久邦と美穂の掛け合いは、いつもぴたりと息が合って絶妙で、聞いているだけで楽しくなる。ときに、おかしくておかしくて、笑いが止まらなくなることさえあった。

傍らで、一真も笑っていた。笑いながら、

「おまえたち、本気で漫才のコンビを組めよ。絶対、成功するって」

と、指で〇《マル》を作る。

「ヒサと漫才か。うーん、ちょっといいかもね。どうよ、ヒサ?・」

「そうだな。お笑い系は当たればでかいかも。一大決心をして、ヒサ&ミホで華々しくデビューするか」

「ミホ&ヒサだよ。リーダーは、あたしだから」

美穂が澄まして言うものだから、杏里はまた笑ってしまった。おかしい。おもしろい。そして、楽しい。

お正月早々、こんなに笑えるなんて、今年は良い年になるかもしれないと思う。思えば、楽しさがさらにふくれる。

杏里、一真、久邦、美穂。四人は水鳥公園の近くにある芦葉神社に来ていた。初詣《はつもうで》だ。

からりと晴れ上がった空のせいなのか、冷たいけれど微かに梅の香りを含んだ風のせいなのか、いつもは閑散としている境内は、ものすごい数の人々で賑わっていた。幾つかの屋台まで出ている。

杏里たちはそれぞれに賽銭を投げ、手を合わせた。

今年もどうか、みんなが健康でありますように。

あまりにありきたりだけれど本心から杏里は願った。このところずっと体調のいい祖母も、がんばりやの母も、自分自身も、そして、一真も美穂も久邦も、みんなみんな元気で笑っていられる一年であって欲しい。

今年の四月には三年生に進級する。来年の春は卒業だ。

杏里はそっと、左右を窺った。一真も美穂も久邦も両手をしっかり合わせ、目を閉じ、頭《こうべ》を垂れている。三人とも一心に何を祈っているのだろうか。

卒業すれば、みんなと離れ離れになっちゃうんだろうか。

束の間考えてしまう。それは、このところたまにだけれど、ほんとうにたまになのだけれど、ふっと頭に浮かんでくる思いだった。そして、その度に杏里を落ち着かなくさせた。

一真たちといると楽しかった。自分を偽ったり、相手に合わせようと無理をしたり、お互いの顔色をうかがったりしなくてすんだ。自分の心のままに、笑ったり、うなずいたり、ときに怒ったりもできた。自由で、楽に息ができた。

どうしてなんだろう。

杏里は考える。考えても答えは出てこない。

みんなといると居心地がいい。

杏里に確かに理解できるのは、それだけだった。いや、もう一つ、自分がとても幸運であること。

自分を偽らなくても笑い合える、おしゃべりができる、消耗することなく、むしろ充実して時間を過ごせる相手。そんな人たちに巡り合えたことは、ものすごく幸せなのだ。

よく、わかっている。だからこそ、離れていくのが怖かった。このままずっと、一緒にいられたら……。

「ね、たこ焼き、食べようよ」

美穂の陽気な声が聞こえる。顔を上げると、美穂は一軒の屋台をまっすぐに指さしていた。赤いタコのビニール人形が軒先《のきさき》で風に揺れている。久邦がいい音をさせて指を鳴らした。

「おっ、いいねえ。美穂のおごりか」

「お正月から冗談はやめてよね。あたしだってお年玉、大幅減額の悲劇なんだから。厳しいのは同じでございますよ」

美穂と久邦は互いを肘《ひじ》でつつきながら、たこ焼きの屋台へと向かっている。

杏里と一真もその後に続いた。

「井嶋、何か願い事したのか」

「うん。ものすごくフツーのお願いをしたの。みんなが元気で過ごせますようにって。市居くんは?」

「おれか……おれは、まず、今年の展覧会にまた出品します。今度こそ、自分の納得のいく作品に仕上げますって報告……つーか、決意表明かな」

「神さまに決意表明したわけ」

「そう。くじけそうになったら『神さまにあそこまで言ったのに、めげちゃっていいのか』って自分を奮い立たせるんだ、『罰《ばち》があたって、鼻の頭に十円玉がくっつくぞ』って、な」

「市居くんたら」

笑いかけた口元を結び、杏里は一真を見上げた。

「市居くん」

「うん？」

「進学のこととか、考えてる？」

「高校か……」

「うん。やっぱ、芸術系のコースのある学校を選ぶの？」

「そうだな。本格的に絵の勉強をしたいって思ってる」

一真が空を見上げる。顎の線が硬くひきしまっている。去年の夏をすぎたころから、一真は急に大人っぽくなった。背が伸びたこともあるけれど、顔つきそのものから柔らかさが抜け、強く張り詰めた線を持つようになったのだ。十四歳の夏とはそういうものなのだろうか。一夏をくぐりぬけた十四歳たちを、一歩、大人に近づける。それとも、一真自身が父親に向かって、自分の思いを告げたことと関係あるのだろうか。自分の道を見据えた少年は、否応《いやおう》なく大人へと進んでいくのか……。

あたしは、どんな顔をしているのだろう。去年とはどこか違うあたしになっているんだろうか。

杏里は、頰に手をやった。

一真が、晴れ渡った新年の空から杏里へと視線を移す。

「けど、おれ、わかんないんだ。絵の勉強ってちゃんと教えてもらうものなのかなあって、な。もちろんデッサンの基本とか色遣いとか、おれ、ほとんど何も知らないから勉強はしたいけれど、ほんとの意味で絵を描くのって……どうなんだろうな。でも、そういうのも知るためにも基本をみっちり学ぶ必要があるのかもな。ただ、今の目標は展覧会入賞なんで……。えっと、井嶋、モデルの件、もう少しだけ付き合って下さい」

一真がぺこりと頭を下げる。

「はい。了解です。仕上げは一年四組の……」

「うん、そうだ。あの教室で、あの窓を背景に描き込みたいんだ」

「おーい、早く来いよーっ」

久邦がたこ焼きの屋台の前で手を振っている。美穂がその腕をつかみ、何かささやいた。「大きな声ださないでよ。恥ずかしいでしょ」とでも叱っているのだろう。

「あいつは体育学科のある高校に進むつもりだって」

「前畑くんが？」

「うん。久邦、運動神経抜群だからな。自分の可能性を目いっぱい試したいって、ずっと言ってた」

「そう。美穂ちゃんは栄養学科のある西堂《せいどう》高校にいきたいって言ってたよ。お母さんと同じ栄養士になりたいって」

「そうか。案外、久邦のためにスポーツ選手用の栄養食とか、作るつもりなのかもな」

「そうだね……」

美穂は一真を好きだと言った。ずっと好きだったと。その想いを美穂はもう諦めたのか。捨てたのか。自然に消えてしまったのか。それともまだ、胸の内で燻っているのか。わからない。

みんな、自分の道を見つけて、どこかに進んでいくんだ。

唐突に、杏里は淋しくてたまらなくなった。涙が出そうだ。後一年、たった一年でみんなそれぞれに歩き出す。西に東に南に北に。思い思いの道を一人で歩き出す。そのとき、あたしたち、さようならって手を振るんだろうか。また会おうねって、約束するんだろうか。そして、あたしはみんなに背を向けて、どんな道を歩こうとするんだろう。

なんだか、とても淋しい。泣きそうなほど淋しい。どうしてだろう。みんなといっしょにいるのに。空はこんなに明るく晴れているのに。あたし……変だ。

「井嶋、どうした?」

一真が腰を屈め、杏里の顔をのぞきこんできた。

「気分でも悪いのか? だいじょうぶか?」

「うん。何でもない。ごめんね」

杏里は手袋をはめた手を胸に重ね、無理に微笑んでみた。

2

「じゃあ、ここで」

美穂が手をあげる。

交差点の手前だ。美穂の家は横断歩道を渡らず東にまっすぐ歩いた、住宅街の中にある。

「じゃあ、おれもこっちだから。ここで」

久邦も手をあげ、東の空に向かって顎をしゃくった。

「あれ？　ヒサ、あたしを送ってくれるつもりなんだ」

「はぁ？　なんだよ、それ。おまえとおれの家は、百メートルも離れてねえじゃねえかよ。送るも何もあるもんか」

「姫ぎみを送るのは、ナイトの役目でしょ」

「姫ぎみ？　言ってて恥ずかしくないかぁ。美穂ならいいとこお城の番兵ぐらいだぞ」

「ちょっと、ちょっと、ちょっと、ほんと失礼なやつだねえ。あたしが番兵なら、ヒサは屋根裏のネズミじゃん」

「ネズミ？　かんべんしてくれよ。せめてヒョウかチーターにたとえて欲しいね、走り屋の前畑選手としては」

美穂と久邦が騒ぎながら、遠ざかる。

「ほんと、あの二人、楽しいね」

「あぁ、ガキのころからあんな調子さ。むちゃくちゃ気が合ってんだ。絶妙のコンビネーションだよなぁ。あっ、青になった。渡ろう」

杏里と一真は並んで横断歩道を歩く。

「でも、いつか……」

渡り終えたところで、杏里はつぶやいた。

「うん？　何か言った？」

一真が僅かに身体を前に倒す。杏里は顔を上げ、一真と目を合わせる。

「でも、いつか、離れ離れになっちゃうよね」

「え？」

「美穂ちゃんが、もし西堂高校の栄養学科にいったら前畑くんとは離れちゃうでしょ。西堂には体育科はないわけだし」

「それはそうだけど……」

「市居くんは芸術系の高校に進学するし……。みんな、ばらばらになっちゃうわけだ」

あたし、何を言ってるんだろう。

杏里は唇をかみしめた。

あたしは馬鹿だ。こんな馬鹿なことを市居くんにしゃべってどうするの。

お正月だというのに、新しい年が始まったばかりだというのに、なぜこんなに胸が騒ぐのだろう。杏里はこぶしで胸をそっと叩いてみる。ざわりざわりと風に似た音が聞こえる。杏里の心の音だ。

唐突に、木谷修也の姿が浮かんだ。杏里が軽く息を詰めるほど、急にふわりと浮かんできたのだ。

夕暮れのグラウンドを一人、走っている姿だ。オレンジ色の夕陽を浴びて、修也の影は黒く長く地に伸びている。表情は……表情は、よく見えない。正確に言うなら思い出せなかった。顔そのものを忘れているわけではない。でも表情がとてもあいまいなのだ。

木谷くんの照れ笑いの顔、前を向き唇を一文字に結んだ顔、誰かと冗談を言い合っている顔、走り終えた後、流れる汗をぬぐっている顔……。ずっと見つめていた。ずっと好きだった。それなのに、今、思い出そうとすると輪郭がぼやけ、はっきりしない。

遠く離れるって、こういうことなんだろうか。

自分がとても薄情でいいかげんな人間だと感じる。木谷修也に対する想いは、杏里の一方的なものだった。そして、杏里はその想いを胸に秘めたまま、「好きです」と告白もできないまま、芦藁第一中学校に転校してきた。転校してきた当時、おりにふれて修也を思い出し、ため息をついていたものだ。涙がじわりとにじんだこともあった。二度も三度も四度も、あった。

あの辛さ、あの淋しさ、あの苦しさはどこにいったのだろう。まだ二年も経っていないのに、木谷くんをはっきり思い出せないなんて、あたしの心はどうしちゃったんだろう。

それとも人はみんな、こうやって忘れていくんだろうか。遠く離れた人を、もう会えない人を、忘れていくんだろうか。

忘れられたくない。

強い感情に揺さぶられ、杏里は指を握りしめた。

あたし、美穂ちゃんに忘れられたくない。前畑くんにも忘れてほしくない。そして、そして……。

横にいる一真を見上げる。

市居くんに覚えていてもらいたい。いつまでも、あたしのことを覚えていてもらいたい。

背中が汗ばんでくる。

とくん、とくん。

とくん、とくん。

心臓の鼓動がわかる。いつもよりずっと速く、強く、打っている。息苦しいほどだ。

とくん、とくん。

とくん、とくん。

「そうかなあ。違うと思うけど」

一真が首を傾げる。視線がすっと空を仰いだ。

「違うって?」

つられて、杏里も上を向く。少し雲が出て来た。さっきまで青く晴れ上がっていた空に、ほんわりと丸い雲が動いている。春の雲だ。

「違うって、何が?」

ゆるやかな雲を目で追いながら、繰り返し尋ねてみる。一真の答えが聞きたかった。

「おれたち一年後には、それぞれ進学して別々の高校に行く。それはまぁ……そうかもしれない。けどさ、それで離れ離れになるってのは、違うと思う」

「だって……」

「会えばいいだろ」

一真はそう言った。ごく普通の口調だった。いつもと変わらない言い方だった。とても短い一言だった。でも、普段の会話の何倍も鮮やかに杏里の耳に響いてきた。

「会えば……いいの」

一真の一言を繰り返す。心臓の鼓動はまだおさまらない。とくん、とくんと鳴っている。そうだと一真がうなずいた。

「今みたいに、毎日、顔を合わせることはできなくなるけど。でも、会いたいと思えば会えるだろう。想いさえあれば、そんなに難しいことじゃないはずだ。むしろ、おれ、楽しみなんだ」

「楽しみ?」

「うん。今みたいにしょっちゅう会って、しゃべって、それはそれで楽しいんだけど……あっ、おれ、楽しいんだ。その、みんなといっしょにいるの楽しくて、そんな時間が好きなんだけど」

照れ隠しなのか、一真は乱暴な仕草で肩を竦めた。頰が少し赤らんでいる。

「あたしも楽しいよ。すごく好き。大好きって言ってもいいかも。だから……淋しくなったのかも。あと一年ちょっとで離れ離れになっちゃうって考えたら、淋しくなったのかも……」

それだけではなかった。一真も美穂も久邦も、それぞれの道を見つめ踏み出そうとしている。杏里だけが見つめる道をつかんでいない。そう思えてならなかった。「絵をやりたい。いつか、自分で納得のできる作品を描き上げたい」

「栄養士の資格を取りたいの」「日本一のランナーになる」そう語る一真が、美穂が、久邦が眩しかった。

あたしだけが置いて行かれる。

取り残されそうな焦りもまた、胸にすくっているのだ。でも、そこまでは、一真にも告げられなかった。

夢とか目標とか、自分の未来を指し示すものは、自分で探し当てるしかない。他人から与えられるものではないのだ。親であっても、教師であっても、たいせつな仲間であっても、他人の夢は他人のもの。他人の夢に乗っかって生きることはできない。

一真が教えてくれた。

父親に抗い、自分の想いを貫いて、一真は今、ここにいる。そういう人間だけが、本気で自分の夢を語れるのではないか。

「ちょっとの間、離れ離れになって、また、会う。そのとき、みんながどう変わっているか、すげえ楽しみだな、なんて、思うわけ」

一真がもう一度、肩を竦めた。

「それに、おれたち、だいじょうぶなんじゃないかなとも思う」

「だいじょうぶって?」

「たとえ、会えなくたって……一年、二年、いや十年も二十年も会えなかったとしても、忘れたりしないさ」

「市居くん、そう思うの?」

一真が立ち止まる。杏里も足を止めた。新春の光が一真の顔を照らしている。いつもより、瞳が黒くかげって見えた。

「おれは忘れないし……違う高校にいったとしても、井嶋に連絡すると思う。会わないかって……」

「市居くん……」

「井嶋、これ、まだ誰にも話してないけどな」

一真の声が心なしか低くなった。

「おれ、美稜《びりょう》学園の芸術科を目指すつもりなんだ」

思わず目を見張っていた。

美稜学園の名前は聞いたことがある。音楽、絵画、造形など芸術分野にたくさんの人材を輩出してきた私立の名門校だ。たいへんな難関校でもあった。なにより、芦薫の街からはるか遠方の、海辺近くの都市にある高校だ。

全国から学生が集まるため、全寮制になっていると聞いたこともある。芦薫からだと、電車と新幹線を乗り継いで半日以上も彼方の高校だった。

「……遠くに行くんだね」

「うん。もちろん、受からなきゃ話になんないけど。美稜でみっちり、描くってことがどういうことか、おれなりに探してみたいなんて思っちまったから。あはっ、ちょっとカッコウつけ過ぎか」

くしゃりと表情を崩すように笑った後、一真は、

「どんなに遠くにいっても、おれ、井嶋に会いに帰って来る。モデルになってくれとかそんなんじゃなくて……きっと会いたくてたまらなくなるから、そうしたら、一日でも半日でも、井嶋に会いに帰って来る。絶対だ」

「市居くん……」

「あはっ、こんな話、ちょっと早過ぎるか。まるで、卒業間近みたいな雰囲気になっちゃったよな。まだ、後一年、おれたち芦藁第一中学生なんだよな。なんか、おれ、勝手なことしゃべっちゃって……。けど、いつか、井嶋に伝えたかったんだ。うん、ちゃんと伝えたかったんだ。まっ、正月だし、いいタイミングだったかもな」

次の交差点に着いた。ここで、一真とは別れる。

「家まで送るよ」

「いいの。一人で歩きたいから」

杏里は一真に背を向け、歩き出す。吹いてくる風が冷たい。

とくん、とくん。
とくん、とくん。
鼓動が伝わる。聞こえる。一真の声と重なる。
あの風景が見たいな。
ふっと思った。
グラウンドの風景だ。一年四組の窓から眺める風景を見たい。
風の中を杏里は一人、歩き続けた。

3

「あっ」
思わず声を出し、視線を動かしていた。首も僅かに回す。たったそれだけのことなのに、身体のバランスが崩れて、杏里はイスから落ちそうになった。

「うん?」

カンバスに向かい合っていた一真が、顔を上げ問うように目を瞬かせる。

「あ、ごめんね。桜が……」

「桜?」

「うん。桜の花びらが入って来たような気がして」

杏里はイスに座りなおした。ずっと座りっぱなしなので、腰のあたりに強張《こわば》りを感じる。それで、さっきうまくバランスがとれなかったのだ。

「少し、休もうか」

一真が大きく伸びをする。

「疲れただろう」

「ちょっとね。腰がいたくなっちゃった。もう歳かなあ」

「うへっ。今の、とても現役女子中学生の台詞とは思えませんねえ。何なら膏《こう》薬《やく》でも貼っとくか」

「市居くん、現役男子中学生の台詞としても膏薬はないでしょ。ものすごくじじくさいんですけど」

「あれっ、やっぱりそうか。おれも口に出してからしまったとは思ったんだ。何で膏薬なんて言っちゃったんだろうな」

「もしかして、貼ってるとか。うん？　そういえば」

杏里は鼻の先に指をあてた。

「膏薬の匂いが漂ってくるような……」

「うわっ、かんべんしてくれよ」

一真と顔を見合わせ、同時に笑声《しょうせい》をあげた。一真が、缶ジュースを手渡してくれる。杏里の好きなオレンジだった。

「ありがとう」

「こっちこそ。モデルになってくれて感謝、感謝。せっかくの春休みなのに呼びだしたりして申し訳ない」

杏里はかぶりを振った。

「そんなことないよ。この教室で描いてもらえるなんて、あたし的には最高なんだもの」

嘘ではない。今、一真といるここは、杏里が芦藁第一中学校の中で最も好きな場所だった。

もと一年四組、今は空き教室になっているところ。その窓辺に杏里は座り、少し離れて一真はカンバスの向こうに立っている。

「でも、もう少しで完成なんでしょ」

「うん、どうしても背景を春にしたかったんだ。あと少しでできあがる」

一年四組。一真と初めて出逢った教室だ。

開け放された窓から時折、温《ぬく》もりのある風が吹きこんできて、杏里の髪をなびかせる。その風とともに、さっき白い花びらが舞い込んできたと思った。

三月、校庭の桜はやっと開き始めたばかりだ。杏里が以前住んでいた街に比べると、芦藁の桜は一週間近く開花が遅い。だから、まだ、花びらが散るわけはないのだ。でも……。

「あっ」

また小さく叫んでいた。白い花びらが目の前をふわりと流れていく。仄かに甘い匂いさえ、嗅いだような気がした。とっさに手を差しだす。杏里の指を拒むように、花びらは風に乗り一年四組の中を漂う。杏里は目で追いかける。一真がひょいと手を伸ばした。枝に舞い降りる小鳥のように、花びらが一真の手の中におさまっていく。

「捕まえた」

「見せて」

そっと広げられた手のひらに、小さな白い花弁がくっついていた。桜より少し小さく、色も薄い。よくよく目を凝らさないと、淡いピンク色だとは気が付かない。

「これ……梅かな？」

「いや、桜だ。サクランボの花さ」

「サクランボって、あの果物の？」

「めちゃくちゃ美味《うま》いけど、やったら高いやつな。けど、これはそんな高級なやつじゃない。ほとんど野生って感じだな。植えっぱなしで誰も手入れしなくてさ、それでも毎年、花を咲かせてちっこい実をつける。ちっこいけど、けっこう甘い。おれ、白状するけど時々、盗み食いしてんだ。久邦なんか口いっぱいに頬張ってるぜ」

「どこにあるの？」

「校舎の裏山の裾あたりかな。この教室とは反対側になるけど、風の向きで時たま、飛んでくるんだ。そういえば去年もここで白い花弁を見たな」

「この時季、風に運ばれてくるんだね」

「だな。サクランボの花は普通の桜よりずっと早く咲くんだ」

一真が指先でそっと花びらを摘み上げる。ほとんど無意識に杏里は手のひらを上に向けた。

花びらが乗る。

何て愛らしい。

春そのもののような、柔らかくて艶やかで小さい。

ふっと、涙ぐみそうになった。このごろ、少し涙もろくなっている。夕焼けの空を見上げても、雨にぬれた木々の緑が目に映っても、目がしらが熱くなる。どうしてだか、わからない。わからないけれど、感じはする。

あぁ、時間が過ぎて行くんだ。

そう感じはする。

緩やかに、でも、確かに時が過ぎて行く。過ぎてしまえば二度と帰って来ない時間たちが、杏里の傍らを音もなく影もなくすり抜けて行くのだ。

惜しむとか、焦るとか、そんな生々しい感情ではない。もっと、しんと静かな穏やかな、せつないような思いだ。淋しさに似ているかもしれない。でも、淋しさとは違う。

この胸の中にあるものを、何て呼んだらいいのだろう。

名づけようのない感情に揺さぶられて、杏里は涙ぐんでしまうのだ。そんな自分に慌ててしまう。街中で涙がでそうになり、恥ずかしくて駆けだしたこともあった。二度も三度も。

他の人はどうなのだろう。

泣きはしないのだろうか。

夕焼けや木々の緑に涙を誘われたりしないのだろうか。

美穂に尋ねてみようかと考えたこともあった。考えただけで、止めた。誰かに相談することでも、打ち明けることでもない。自分一人で抱える想いだと感じたからだ。

誰かに告げる想い、伝えなければならない想い、そして、自分の胸にだけそっと抱く想い。花の種類が多々あるように、人の想いもまた、様々なのだ。きっと、そうだ。

「実はな……」

一真が口ごもる。花弁をそっと握り込み、杏里はその顔を見つめた。

「背景に描こうと思ってたんだ」

「この花を?」

「うん。サクランボの花。ばあって咲きほこるやつじゃなくて、この白い花を井嶋の後ろに描こうって……」

「ほんとに。ほんとに描いてくれるの」

「うん。なんか、おれ、この花、案外好きだから絶対描きたいなあって、その、思ってて。えっと、だから……」

「でも、実の方が好きなんでしょ。サクランボ」

「うーん、そういうツッコミできますか」

「はい。まいります」

わざと生真面目な口調で答える。でも、すぐにおかしくて笑ってしまった。泣いたり、笑ったり、十四歳は忙しい。

「市居くん」

「うん？」

「あのね、さっきのお礼ね……」

「お礼？　ああ、ジュースのやつか。別に、いいよ。おれの方がお礼を百倍ぐらい言わなきゃなんないんだから。あっ、コンビニでテキトーにサンドイッチとか買ってきたから。モデルになってもらって、ジュースとサンドイッチのお礼じゃ、全然、足らないけどさ」

「ちがうの」

杏里は花びらをティッシュに包み、そっと胸ポケットにしまった。春休みだけれど制服を着ている。私服では校内に立ち入れないのだ。自由でのびのびしていると感じた芦䕺第一中にも、細かに生徒を縛る規則がやはり存在していた。

「あの。さっきのお礼、ジュースだけじゃなかったの」

「え?」

軽やかな足音がした。廊下側の窓が開き、二つの顔がひょこりと覗《のぞ》いた。

「美穂ちゃん、前畑くんも」

「へへへ。またまた、オジャマ虫二匹、参上いたしやした」

「ちょっとヒサ。あんたとあたしをいっしょくたにしないでよ。オジャマ虫はあんた一匹。あたしは、けっこうカンシャ虫かもよ。ほら、これ。ジャジャジャジャーン」

美穂が大型のバスケットを持ち上げる。

「え? なに、それ?」

「ふふふ。将来の大画伯と美しきモデルのために、里館美穂、渾身《こんしん》の品々であります。それ、オジャマ虫」

「ほいほい」

久邦が青いシートを手際よく広げる。美穂がバスケットの中身をその上に並べた。

サンドイッチ、おにぎり、唐揚げ、ポテトサラダ、厚焼き玉子に海老《えび》フライ、野菜の煮物……。一つ一つがきれいにラッピングされたり、タッパーに詰め込まれたりしている。

「すごい、これ、みんな美穂ちゃんの手作り?」

「もちもちもちろん。差し入れだよ。みんなで食べよう。あっ、ヒサ、舟木先生も呼んできてよ。職員室にいると思うからさ。この教室、使わせてもらえるように、舟木先生が交渉してくれたんでしょ。お仲間に入れてあげなくちゃ」

「はいはい。ちぇっ、人使いの荒いのは昔からちっとも、変わんねえんだから」

「ただ食いするくせに、文句が多い」

久邦が肩を竦め、教室を出て行く。一真はカンバスに布をかけ、教室の隅に片づけている。まだ、誰にも見せたくないのだろう。一真は一人で戦うことを知っている。

みんなと共有できることと、できないことがあると知っている。

ありがとう。

杏里はそっとつぶやいた。

一真だけではない。美穂にも久邦にも礼を伝えたい。

みんなのおかげで、あたし、わかったの。

一人で耐えること、みんなで分かち合うこと。自分だけで挑むこと、みんなと力を合わせること。そういうものがこの世にはあるのだと、わかったの。

だから、ありがとう。そして、よろしく。

三年生としてのこれからの一年間、どうぞ、よろしく。

風が吹く。白い花びらがまた一枚、一年四組に舞った。

あとがき

あさのあつこ

「空き教室の十代」

それはもう、遥か遠い遠い昔になるけれど、わたしが中学生のころ、廊下の一番奥に空き教室があった。いわゆる〝団塊の世代〟の波が去って、学校や地域から子ども、若者、生徒たちの姿が徐々に消えていく兆しの頃であったのだろう。

元E組だったかF組だったかの教室は、ほとんど物置と化して、クリーム色のべらべらのカーテンがだらりと下がり、隙間から光の筋が伸びて床を照らしていた。光の中には埃《ほこり》が舞い、埃は埃と呼ぶのは気が引けるほど美しく煌めいていた。

それだけのことだ。自分が空き教室に何の用があったのか、用などないのに気紛《きまぐ》れで覗いてみただけなのか、もう、忘れてしまった。しかし、光景だけは覚えていたようだ。

かつて、生徒たちが学び、騒ぎ、歌い、ぶつかり合い、若い喜びや怒りや悲嘆の舞台となりながら、全てが消えてひっそりと静まったまま忘れ去られようとしている場所。その光景。

それは十代前半だったわたしの胸に、妙にせつない想いを喚起させた。むろん、そんな感傷的な気分などあっという間に忘れ去り、わたしは中学を卒業し、高校を卒業し、一旦は大都会に出たものの故郷に舞い戻り、りっぱな（？）オバサンになった。

ごく普通の少年、少女たちのごく普通の日常を物語にしたいと思い立ったとき、ふっと浮かんだのが、とっくに忘れ去ったはずの空き教室の光景だったのだ。

誰も使わなくなった教室の窓辺に佇《たたず》む少女の姿が見えたとき、物語の動き出す感覚を確かに摑《つか》んだ気がした。

それが、杏里との出逢いだった。だから、わたしも、空き教室で彼女と出逢ったことになる。さっき、ごく普通の少年、少女たちのごく普通の日常と言ったけれど、それは、ごくありふれたその他大勢で括《くく》られるものではない。中学生だの、十代だのと一括りにされて、勝手に決めつけられてしまうものではないのだ。『今時の中学生』の視線から外れたところでないと、物語は成立しない。個々の、一人一人の、誰でもないわたしの、誰でもないあなたの、誰でもない彼の彼女の物語でなければ、書く意味はないと思う。少なくとも、わたしにとっては、ない。

物語は空き教室のようなものだ。

学校という均一化を強いる空間の中で、静かに存在し異彩を放つ。人は必ず個々の人生を有していて（年代に関わらず）、一色には染まらない。ともすれば、群衆だとか一般国民だとか兵士だとか学生だとかサラリーマンだとか主婦だとか、実体のない符号で囲い込まれる人たちが実は、色も形も違う唯一の存在であるのだ。

空き教室は教室という括りから零《こぼ》れ落ち、零れ落ちたことで個性を獲得した。わたしの中で物語と空き教室はとても密につながっているのだ。少し、理屈に過ぎるだろうか。

ともかく、わたしは杏里に出逢った、彼女と出逢ったことで、一真や美穂や久邦にも巡り合えた。それぞれが名前を持ち、心があり、想いを抱き、些細なことに一喜一憂し、自分の内にあるものも、他人の内にあるものも摑めず、戸惑い、虚勢を張り、誇り高く、凜《りん》として前を向き、でも卑小で脆《もろ》く、したたかで狡《ずる》くもある彼ら、彼女たち。この四人と一緒に過ごせた月日は、わたしにとって、しんどくもあったけれど、楽しく心躍る時間だった。

杏里たちと時を共有しながら、様々なことを思い出した。

他者を愛したこと、憎んだこと、大人との確執、軋轢《あつれき》、誤解や理解や思い過ごしや思い込み。諦め、焦燥、歓喜、希望、不安、孤独……わたしの十代に起因するたくさんの、たくさんのあれこれを思い出した。

忘れていなかったのだなあと、しみじみ思う。空き教室の光景も含めて、忘れ去ってはいなかったのだと思う。目を逸らしていたけれど、忘れたつもりでいたけれど、忘れてはいない。杏里たちに刺激され、触発され、鮮やかによみがえっていく。

わたしが思い出した諸々《もろもろ》はわたしだけのもので、杏里たちのものではない。杏里ならこの心をどうするか、美穂ならどう処するか、一真なら、久邦なら……。

自分の想いを押し付けず、今時の中学生像などに引っ張られず、杏里たちを書ききりたい。

その願いが『一年四組の窓から』という一冊には流れている。願いは願いに過ぎず、ちゃんと成就できたかどうか、正直、心もとなくはある。実は、「どうかなあ」と杏里が困ったように首を傾げているような気がしたりもするのだ。でも、そこはもう、読んでくださったあなたに委《ゆだ》ねるしかない。あなたの心の片隅の片隅に一時でも、杏里たちが存在してくれたら嬉しいのだが。

杏里をたった一人の者として描き表してくださった日端奈奈子さんに、心から感謝いたします。

ありがとうございました。

〈初出〉
『一年四組の窓から』は、進研ゼミ『中一講座』『中二講座』
（二〇〇九年九月号〜二〇一一年三月号）
に掲載されたものです。
二〇一一年三月　光文社BOOK WITH YOU刊

光文社文庫

一《いち》年《ねん》四《よん》組《くみ》の窓《まど》から

著　者　あさのあつこ

2016年3月20日　初版1刷発行
2020年12月25日　2刷発行

発行者　鈴　木　広　和
印　刷　萩　原　印　刷
製　本　ナショナル製本

発行所　株式会社　光　文　社
〒112-8011　東京都文京区音羽1-16-6
電話（03）5395-8149　編　集　部
8116　書籍販売部
8125　業　務　部

ISBN978-4-334-77264-2　Printed in Japan

組版　萩原印刷